사적인
서점이지만
공공연하게

정지혜

사적인
서점이지만
공공연하게

한 사람만을
위한 서점

삶에 가능성을 심는 책이라는 씨앗

+

　　2016년 여름, 서점으로 쓸 공간 계약을 마치고 얼마 지나지 않아 좋아하는 출판사 대표님에게 서점 창업 과정을 책으로 써 보지 않겠느냐는 제안을 받았다. 만년 독자이던 내 인생에 이런 일이 일어날 줄이야. 부담스럽지 않았다면 거짓말이겠지만, 서점 준비 과정을 기록으로 남겨 두고 싶다는 사적인 욕심에 덥석 수락을 해 버렸다. 어쩌면 서점을 열고 싶어 하는 누군가에게 도움을 주고 싶다는 공적인 바람이 대책 없는 수락의 근거가 되어 주었는지도 모른다. 나 역시 서점을 준비하면서 그런 책이 간절했기 때문이다. 할까 말까 고민될 때는 일단 해 보자. 그게 내 신조였다.

2018년 여름, 출간 계약 후 눈 깜짝할 새에 2년이 지났다. 그사이 많은 것이 바뀌었다. 수많은 독립 서점이 생겼다 사라졌고, 서점 주인들이 쓴 책이 쏟아져 나왔다. 생업에 쫓겨 약속된 기한에 원고를 쓰지 못한 탓에 애초에 책방 창업기로 기획되었던 이 책은 사적인서점이 거쳐 온 지난 2년을 고스란히 품은 책이 되었다.

누군가 나에게 "왜 책을 읽어야 해요?"라고 물으면, 나는 가만히 내 지난 나날을 떠올린다. 처음 책과 만난 건 초등학교 1학년 무렵으로, 맞벌이로 바쁘셨던 부모님이 사 준 금성출판사의 학습만화 시리즈가 심심할 틈 없이 좋은 친구가 되어 주었다. 책을 많이 읽은 덕분인지 2학년에 올라가서는 처음으로 교내 글짓기 대회에서 상을 받았다. 최초의 사회적 인정이었다. 그 경험이 나를 책으로 더욱 강하게 이끌었다. 중고등학교 내내 책을 읽고 글을 쓰면서 학창 시절을 보냈다. 틈만 나면 학교 도서관으로, 집 근처 도서관으로 달려가 책을 골랐다. 매번 대출 한도를 꽉꽉 채워 책을 빌려 가서는 절반도 읽지 못하고 반납하는 게 유일한 취미 생활이었다. 한때는 김진명 작가의 『무궁화 꽃이 피었습니다』와 『황태자비 납치사건』에 흠뻑

빠져서 진로 희망란에 역사학자를 써넣기도 했다. 대학교 1학년, 첫 실연의 상처를 아물게 해 준 건 『검은 마법과 쿠페 빵』이라는 일본 소설이었다. 책은 나를 성장시키고 꿈을 꾸게 해 주었으며, 위로와 용기가 되어 주었고, 이제는 내 밥벌이까지 책임지고 있다. 책이 없었다면 내 삶이 얼마나 가난했을까.

이렇게 좋은 걸 나만 알고 있다는 게 안타까웠다. 그래서 전하고 싶었다, 책과 만나면 삶이 얼마나 풍요로워지는지를. 책 한 권 읽는다고 인생이 뚝딱 바뀌진 않겠지만 그럼에도 책을 읽으면 조금 더 나은 내가 될 가능성을 얻을 수 있다. 나는 책이 곧 씨앗이라고 생각한다. 어떤 열매를 맺을지 아무도 모르지만, 설령 싹을 틔우지 못할지도 모르지만, 씨앗이 없으면 그 기회조차 얻을 수 없다. 책을 읽는다는 것은 삶에 가능성을 심는 일이다.

편집자로 처음 출판계에 발을 들여놓은 2010년부터 지금까지, 나는 책이라는 씨앗이 멀리멀리 퍼져 나갈 수 있도록 애써 왔다. 사적인서점을 열고 책 처방 프로그램을 진행하면서는 내가 전한 씨앗이 누군가의 삶에 닿아 싹을 틔우는 모습을 생생하게 지켜볼 수 있었다. 하지만 책을 만들어서, 책을 팔아서 먹고산다는 건 생각보다 힘든 일이었다. 들이는 수고에 비해 버는 돈은 너무 적었고, 끊임없이 자격을 의심하며 스스로에게 깊이를 강요했다. 그럴 때마다 내가 보낸 씨앗이 닿은 풍경을 떠올렸다. 그 힘이 나를 책 곁에 계속 머물게 했다.

이 책은 내가 처음으로 직접 만든 씨앗이다. 지난 8년 동안 책을 둘러싸고 시도해 온 크고 작은 경험을 담았다. 독자에서 편집자로, 편집자에서 서점원으로, 서점원에서 서점 주인으로 책을 따라 이어 온, 어쩌면 당연한 선택처럼 보이는 이 과정 속에 얼마나 많은 고민과 실패가 있었는지 모른다. 이런 나의 오답 노트가 책이 좋아 책 곁을 맴돌며 살고 싶은 이에게 도움이 된다면 좋겠다. 좋아하는 일을 시작할까 말까, 계속할까 말까, 망설이며 방황하는 이에게 나의 발자국이 힌트가 된다면 더 바랄 것이 없겠다.

씨앗은 뿌리내릴 장소가 있어야 싹을 틔울 수 있다. 이 책도 그러하다. 당신의 삶과 닿아야만 의미가 생긴다. 내가 만든 씨앗이 당신의 삶과 만나면 어떤 싹을 틔우게 될까. 그 풍경이 나를 또다시 책 곁에서 오래오래 머물게 할 것이다.

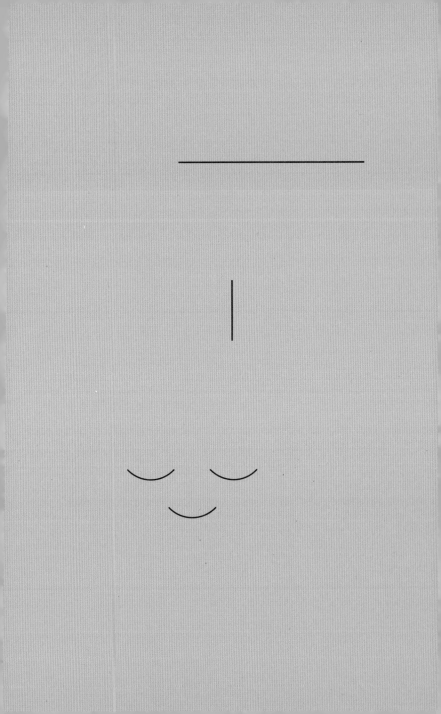

진심 불변의 법칙

+

책 처방 프로그램을 예약한 손님의 신청서를 살펴보다 가장 좋아하는 책 세 권을 묻는 질문 아래에서 낯익은 제목을 발견했다. 『늦지 않았어 지금 시작해』. 지금처럼 책을 파는 서점 주인이 아니라 책을 만드는 편집자였던 시절에 내가 기획부터 편집까지 담당한 첫 책이다.

스물셋 겨울, 대학을 졸업하고 바라던 편집자가 되어 상경했다. 그때까지 외국은커녕 포항을 벗어나 본 적도 없던 내게 서울은 아는 사람 하나 없는 낯선 도시였다. 쉬는 날이 되어도 어디에서 어떻게 시간을 보내야 할지 몰랐던 나는 차라리 회사에 나와 선배들과 일하는 게 좋았다. 매일 새벽 한두 시에 퇴근하는 일상이 반복되고 주말 출근이 자연스러워졌다. 그럼에도 고단한 첫 사회생활을 버틸 수 있었던 건 내 손으로 책을 만들며 느끼는 기쁨 때문이었다. 그중에서도 블로거 노경원 님의 책을 만들 때의 즐거움은 특별하게 남아 있다.

어느 날 우연히 포털 사이트에 소개된 한 블로거의 영어 공부법을 보게 되었다. 외국어 영역 점수를 일 년 만에 14점에서 91점으로 끌어올린 공부법으로 화제가 된 블로거는 당시 고등학교 3학년이던 노경원 님이었다. 그는 대학 진학을 준비하며 자신의 공부 과정을 블로그에 꼼꼼하게 기록하고 있었다. 나와 일면식도 없는 사람이지만 월세 십만 원짜리 단칸방에서 다섯 식구가 함께 살아야 하는 가난에도, 외국어 영역 '14점, 8등급'이라는 형편없는 성적에도 아랑곳하지 않고 자신의 꿈을 이루기 위해 최선을 다하는 모습을 보니 내 마음도 팔팔 끓는 것 같았다. 그날부터 인터넷 즐겨찾기에 경원 님의 블로그를 추가하고 마음이 게을러질 때마다 찬물 세수를 하듯 그의 일상을 들여다보았다. 경원 님이 원하던 대학에 입학해 자신의 미래를 개척해 나가는 모습을 지켜보면서 이 사람의 이야기를 꼭 책으로 만들어야겠다고 결심했다. 내가 받은 건강한 자극을 더 많은 사람과 나누고 싶었다.

회사의 승낙이 떨어지고 경원 님과 계약까지 마치자 누구보다 이 책을 잘 만들고 싶다는 욕심이 샘솟았다. 병아리 편집자였지만 블로그의 모든 내용을 줄줄 꿰고 있을 만큼 경원 님의 글을 좋아했기에 부족한 경력은 애정으로 채우면 된다고 믿었다. 책이 어느 정도 완성되어 갈 때쯤, 뒤표지에 넣을 문구를 고민하기 시작했다. 보통은 책의 핵심 내용이나 유명 인사의 추천사를 넣지만, 나는 나처럼 경원 님의 글을 읽고 힘과 용기를 얻은 사람들의 이야기를 추천사로 실어 보면 좋겠다고 생각했다. 경원 님의 블로그에 추천사를 모집한다는 공지를 올리자 누적 방문자 수 1,300만 명에 달하는 블로그답게 수험생부터 아이 셋을 둔 주부, 헬스 트레이너 등 다양한 사람의 각양각색 사연이 쏟아졌다. 누군가는 경원 님이 노력으로 일구어 낸 결과물을 보며 '가능성'이 무엇인지 깨달았다고 했다. 누군가는 이 블로그가 더 큰 꿈을 그려도 좋다고 허락해 준 유일한 곳이라고 했다. 누군가는 노력도 배울 수 있다는 것을 알게 해 주어서 고맙다고 했다.

그들의 순도 높은 진심을 책에 꾹꾹 눌러 담았다. 책을 통해 더 많은 이가 자신의 가능성을 깨닫기를, 더 큰 꿈을 그리기를, 노력도 배울 수 있다는 것을 알게 되기를 바랐다. 진심이 전해진 걸까. 책은 출간되자마자 금세 1만 부를 찍었고, 2012년엔 문화체육관광부 우수교양도서로 선정되는 등 큰 사랑을 받았다. 하지만 나에게는 순위나 상보다 독자의 감상이 더 귀했다. 매일 아침 온라인 서점과 포털 사이트에 올라온 리뷰를 보며 하루를 시작했다. 내가 만든 책이 누군가의 인생에 씨앗이 되어 퍼져 나가는 모습을 보면 행복했다. 한 권의 책이 가진 힘을 두 눈으로 확인하는 순간이었다. 그 경험이 없었더라면 다시 포항으로 돌아갔을지도 모를 일이다.

『늦지 않았어 지금 시작해』를 출간하고 반년 뒤, 사직서를 냈다. 책을 만들며 괴로워하는 날이 부쩍 늘었기 때문이었다. 그저 적당히, 사고가 나지 않을 정도로만 책을 만들었다. 머리로는 잘 모르는 분야나 관심 없는 분야의 책도 책임 있게 만들어야 프로라고 생각했지만, 내가 왜 이 책을 만들어야 하는지 납득하지 못하면 마음으로 받아들이기 힘들었다. 책이 싫어진 건 아니었다. 편집자로 일한 2년 동안 책에 대한 애정과 믿음은 더욱 단단해졌다. 책 만드는 일을 경험해 봤으니 이번에는 책과 관련된 다른 일을 해 보고 싶었다. 책 파는 일은 어떨까? 누군가 성심성의껏 만든 책을 밝은 눈으로 골라서 독자의 손에 전달하는 일이라면 기쁘게 할 수 있을 것 같았다. 생각해 보면 나는 경원 님의 글을 책으로 만드는 과정보다 그의 이야기가 더 많은 사람에게 전해진다는 점을 기뻐했다. 나는 '만드는 사람'보다 '전하는 사람'에 더 어울리는 사람이 아닐까? 고민 끝에 편집자에서 서점원으로 전업을 선택했고, 그 선택은 몇 년 뒤 나를 서점 주인으로 만들어 주었다.

내 삶 속에 책이 자리한 지는 오래되었다. 순수한 독자에서 책 만드는 편집자를 거쳐 책을 파는 서점 주인이 된 지금까지, 언제나 책을 대하는 나의 기준은 '진심'이다. 내가 진심으로 좋아하는 책인가? 내가 진심으로 만들고 싶은 책인가? 내가 진심으로 소개하고 싶은 책인가? 진심은 반드시 통한다는 걸 5년이 지나 다시 마주한 한 권의 책을 통해 새삼스레 다시 깨닫는다.

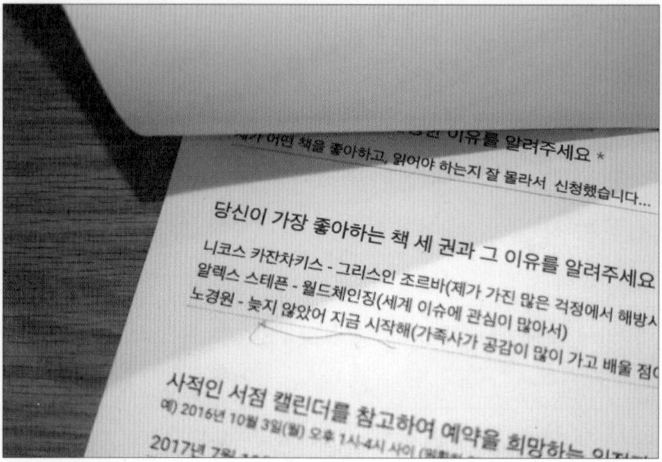
이유를 알려주세요 *
어떤 책을 좋아하고, 읽어야 하는지 잘 몰라서 신청했습니다...
당신이 가장 좋아하는 책 세 권과 그 이유를 알려주세요
니코스 카잔차키스 - 그리스인 조르바(제가 가진 많은 걱정에서 해방
알렉스 스테픈 - 월드체인징(세계 이슈에 관심이 많아서)
노경원 - 늦지 않았어 지금 시작해(가족사가 공감이 많이 가고 배울 점
사적인 서점 캘린더를 참고하여 예약을 희망하는
예) 2016년 10월 3일(월) 오후 1시-4시 사이

첫 서점 수업

+

편집자를 그만두고 다음 단계를 고민하던 무렵, 홍대 앞 동네 서점 '땡스북스'에서 직원을 구한다는 소식을 들었다. 편집자로 일하면서 책 만드는 과정을 익혔으니 이번에는 책이 독자의 손으로 전해지는 과정을 경험해 보고 싶었다. 혹여 서점 일이 나와 맞지 않아 다시 편집자로 돌아간다고 하더라도 기획서 안에만 존재하는 예상 독자가 아닌 현실의 진짜 독자와 마주한 경력은 든든한 재산이 될 것 같았다. 그렇게 나는 땡스북스의 첫 공채 직원이 되었다.

당시 땡스북스의 영업시간은 낮 12시부터 밤 9시 30분까지였다. 하루 일과는 이러했다. 오전 11시 50분까지 서점으로 출근한다. 조명을 켜고 환기를 하고 에스프레소 기계를 가동시키고 음악을 틀고 냉난방기 온도를 맞추고 바닥 청소를 한다. 책과 잡화를 정리하며 책 진열대의 먼지를 털고 닦는다. 일주일에 두어 번은 쇼윈도 청소를 한다. 청소를 마치면 분주하게 손님을 맞이한다. 원하는 책의 재고를 묻는 손님, 견본을 보여 달라고 요청하는 손님, 만년필 사용법을 궁금해하는 손님 등 다양한 문의에 응대하고 계산하고 어질러진 매대를 정리하고 음료를 만들고 설거지를 하는 것만으로도 하루가 뚝딱 지나간다. 중간중간에 화장실 상태는 깨끗한지, 휴지는 떨어지지 않았는지 확인한다. 영업 종료 30분 전부터는 마감 준비에 들어간다. 에스프레소 기계를 청소하고 행주와 걸레를 빨고 청소기를 돌린다. 마지막으로 쓰레기를 버린 뒤 근무복에서 평상복으로 갈아입고 나오면 9시 50분. 만 10시간을 근무하고 나서야 서점 문을 닫고 퇴근한다. 손님이 없을 땐 한적한 서점에서 여유롭게 책 읽는 모습을 상상하며 입사했는데 웬걸, 의자에 엉덩이를 붙이지도 못할 만큼 바빴다.

처음엔 사기라도 당한 것처럼 억울했다. 손님과 다정히 책 얘기를 나누다가 짬이 나면 책을 꺼내 읽는 게 내가 꿈꾸던 서점원의 일상이었으니까. 청소와 손님 응대만 반복하다 하루가 저물었다. 낭만에 가려 보이지 않을 뿐 서점도 손님을 맞고 상품을 판매하는 엄연한 가게였다. 밖에서 보면 시간이 멈춘 듯 평화롭게만 보였던 서점원의 하루가 사실은 중노동으로 시작해 중노동으로 끝나는 것도 충격이었다. 책상에 앉아 읽고 쓰는 일만 해 오던 저질 체력으로 하루 종일 서서 청소하고 무거운 책을 나르려니 여간 힘든 게 아니었다. 집에 오기만 하면 침대에 누워 곯아떨어졌다. 한눈에 들어오는 30평 매장을 관리하는 일이 그렇게 고되었다.

수습 기간이 끝나 갈 무렵, 책과 관련된 업무가 하나둘 주어지기 시작했다. 돌이켜 보면 3개월의 수습 기간은 매장 관리의 기본기를 닦기 위해 꼭 필요한 시간이었다. 손님일 때는 몰랐다, 지나치게 춥거나 덥지 않도록 수시로 실내 온도를 확인하고 쾌적한 공기를 유지하기 위해 환기하는 부지런을. 잔돈이 떨어지기 전에 은행에 가서 바꾸어 오는 수고를. 독서에 방해가 되지 않도록 가사 없는 잔잔한 음악을 골라 트는 정성을. 공간을 꾸린다는 것은 그런 것이었다. 평온한 일상을 유지하기 위해 보이지 않는 곳에서 노력하는 사람들이 있다는 걸 그제야 알게 되었다. 내가 서점에서 배운 첫 번째 수업이었다.

어쩌다 서점원

+

　사무직으로 일하던 내가 판매직에 적응하는 데에는 그리 오랜 시간이 걸리지 않았다. 동네 슈퍼부터 분식집, 문구점에 이르기까지 전 연령을 상대하는 자영업 트리플크라운을 달성한 엄마 밑에서 어깨너머로 배우며 자란 덕분이었다. 아메리카노와 카페라테도 구분하지 못할 만큼 커피에 무지했던 터라 카페 업무에 애를 먹긴 했지만 그것도 시간이 지나면서 익숙해졌다. 문제는 다른 데 있었다.

　땡스북스는 디자이너가 만든 서점으로 운영 방식이 일반 서점과 다르다. 책을 입고할 때는 '겉(디자인)과 속(내용)이 같은 책'이라는 특별한 기준을 따른다. 모든 직원이 기획 전시 포스터나 POP 같은 시각 디자인물을 직접 만든다. 홈페이지와 소셜네트워크서비스SNS 계정에 올릴 사진 또한 직접 찍고 편집까지 한다. 나를 제외한 모든 직원이 디자인 관련 프로그램을 능숙하게 다룰 줄 알았고 디자인 안목 또한 뛰어났다. 땡스북스에 지원한 이유 중 하나가 내게 부족한 디자인과 브랜딩 감각을 키울 수 있으리라는 기대였는데, 막상 일을 해 보니 주어진 역할을 다하지 못하고 있다는 생각이 들었다. 하지만 나는 책에 대한 애정이 있으니 디자인 영역에서 부족한 부분은 책으로 메우면 되지 않을까? 책을 다루는 일에 전문성을 갖춰야겠다고 결심했을 때 내가 찾은 것 역시 책이었다.

일본 서점원들의 이야기를 담은 『서점은 죽지 않는다』는 나의 서점 교과서였다. 책은 어디서 사든지 똑같다. 이 서점에서 산다고 삼십 쪽이 더 있다든가, 저 서점에서 산다고 표지 디자인이 다르거나 하는 일은 없다(출판사가 특정 서점에서 한정 판매하는 리커버 판은 제외하고). 책을 살 때 온라인 서점을 이용하면 할인도 받을 수 있고, 적립도 되는 데다 하루 만에 배송까지 해 준다. 그런데도 왜 오프라인 서점이 존재해야 하는 걸까? 이 책에 등장하는 여덟 명의 일본 서점인은 대답 대신 자신이 일하는 방식을 이야기한다. 오프라인 서점에는 온라인 서점의 총알 배송과 할인 혜택 같은 편리와 효율은 없지만 책을 다루는 서점원의 정성 어린 마음이 있다는 것을 이 책이 또박또박 알려 주었다.

> 직접 읽어 보고 이 책이야말로 이 작가의 진수라고 스스로 파악하지 못하면 서가를 만들 수 없습니다. (······) 생선집 주인이 자기가 진열해 파는 생선의 맛이나 맛있게 먹을 수 있는 조리법을 설명하지 못하면 안 되는 것과 마찬가지로, 기본은 똑같다고 봅니다.
>
> 이시바시 다케후미, 『서점은 죽지 않는다』

서점원은 저자가 쓰고 출판사가 만들고 유통업자가 수송한 책을 진열만 하는 수동적 존재가 아니다. 책 한 권을 읽더라도 어디에 꽂을지, 어느 책 옆에 놓을지, 어떻게 소개하면 좋을지 궁리하면서 읽는다. 공간에 변화를 주기 위해 매일매일 진열하는 책을 바꾸고, 풍부한 독서량을 바탕으로 잘 알려지지 않은 저자를 새로이 발굴하거나 독자적으로 베스트셀러를 만들어 낸다. 그들은 책을 판매하는 행위에 얼마나 많은 노력이 깃드는지 보여 준다.

기억을 되짚어 보니 그동안 나는 서점에 가면 '책'만 보았지 '서점원'은 눈여겨보지 않았다. 나에게 책의 매력을 알려 준 이는 집 근처 도서관이나 학교 도서관 사서 선생님 이었다. 서점과 얽힌 추억이 없어서일까. 책을 좋아해 막 연히 책과 관련된 일을 하고 싶다고 생각하면서도 편집자 나 사서를 떠올렸지 서점원을 떠올려 본 적은 없었다. 그런 내가 서점원이 되다니!

　서점이라는 공간, 서점원의 역할에 깊은 매력을 느끼 면서 책을 입고하고 진열하는 순간이 즐거워졌다. 자연스 럽게 책을 살피고 읽는 시간이 늘었다. 책의 내용뿐 아니라 만드는 과정에 얽힌 배경이나 뒷이야기, 디자이너의 의도 등 책과 관련된 다채로운 정보를 수집하는 일에도 재미를 느꼈다. '이 책의 옆자리엔 어떤 책이 좋을까?', '이런 흐름 으로 살펴보다가 이 책을 발견하면 좋겠다.' 나름의 꿍꿍이 를 가지고 책을 진열했는데 손님이 그 책을 계산대로 가지 고 오면 짜릿했다. 오랫동안 서가에 꽂혀 있던 구간을 지금 시기에 소개하면 좋겠다는 생각이 들어 평매대에 꺼내 놓 았는데 곧잘 팔리면 신이 났다. 입고된 책을 쇼윈도에 진열 할지, 평매대에 놓을지, 서가에 꽂을지에 대한 나의 선택이 책의 운명을 바꿀지도 모른다는 마음으로 책을 쥔 손에 힘을 주며 일했다.

책을 주문하는 일도 마찬가지였다. 판매된 도서 목록을 보면서 하루 동안 어떤 책이 얼마나 팔렸는지, 왜 팔렸는지 분석하는 일은 중요한 일과였다. 재고가 많이 빠진 책은 그간의 판매 기록을 참고해 수량을 정하고 출판사에 주문을 넣었다. 이번 주에 많이 팔렸다고 해서 다음 주에도 그럴 거라는 보장은 없다. 반대로 이번 주엔 그다지 반응 없던 책이 다음 주쯤엔 입소문이 나서 찾는 사람이 많아질지도 모르는 일. 그래서 판매 기록이 없는 신간을 주문할 때는 수량을 정하기가 더욱 어려웠다. 잘 팔릴지 의심스러웠던 책이 불티나게 팔리기도 하고 반응이 좋으리라 확신했던 책이 외면당하는 일도 빈번하게 일어났기 때문이다. 그럼에도 좋은 책을 펴내는 출판사의 신간만큼은 넉넉히 주문했다. '계속해서 읽고 싶은 책을 만들어 주세요' 하는 응원의 마음을 담아서 말이다. 그러던 어느 날, 한 출판사 대표님이 보낸 메일을 받았다.

정지혜 매니저님. 안녕하세요. 오늘은 특별히 감사 인사를 드리려고 메일을 씁니다. 『동사의 맛』이 2쇄를 찍었습니다. 언론에 이렇다 하게 소개가 된 것도 아니고 저자가 유명한 분도 아닌데 두 달 만에 초판을 다 팔 수 있다니 놀라운 일이지요. 곰곰 생각해 보았습니다. 책이 나오기 전부터 관심을 보여 주셨던 정지혜 매니저님이 떠오르더군요. 처음 책을 진열한 곳도 땡스북스였고 가장 먼저 반응이 온 곳도 땡스북스였습니다. 거기서 책을 사서 읽은 분들이 입소문도 많이 내 주셨고요. 그렇게 생각해 보니 그냥 지나쳐서는 안 되겠다 싶었습니다. 정지혜 매니저님 고맙습니다. 서점원의 책에 대한 관심과 애정이 책의 운명에 얼마나 큰 영향을 미치는지 사무치게 깨닫습니다. 이러한 깨달음을 얻게 해 주셔서 감사해요.

메일을 읽다 눈물이 핑 돌았다. 퇴근하고 집으로 돌아와서도 뛰는 가슴을 주체 못 하고 몇 번이나 다시 읽고 또 읽었다. 편집자와 서점원 사이에서 흔들리던 정체성이 단단하게 자리 잡는 소리가 들렸다. 어쩌다 서점원이 되었지만 어쩌면 나는 평생 서점원으로 일하게 될지도 모르겠다는 생각이 들었다. 수백만 원의 보너스보다 더 값진 한 통의 메일. 어느새 나는 책과 사람을 잇고, 저자와 독자를 잇는 이 매력적인 일에 헤어날 수 없을 만큼 푹 빠져 있었다.

컴퓨터 화면을 집중해서 바라보다가 고개를 들면
큰 창으로 쏟아져 들어오는 오후의 빛 속에서
책을 고르는 사람들이 있었다. 매일 마주하는
풍경인데도 그 순간이 벅차게 행복해서 늘 이렇게
사진으로 남기곤 했다.

용기가 필요한 순간

+

　　애정을 갖고 소개한 책이 손님
에게 좋은 반응을 얻거나 출판사 담당자에게 책을 살뜰히
판매해 주어 고맙다는 인사를 받을 때 느끼는 뿌듯함은 컸
지만 서점에서 일하면서도 채워지지 않는 갈증이 있었다.
그건 손님과의 교감이었다. 서점원의 역할은 어디까지나
제안일 뿐, 책을 고르는 것은 손님의 몫이기 때문이다. 한
데 나는 그 점이 너무 아쉬웠다. 어쩌다 한 번씩 손님에게
선물할 책을 골라 달라는 의뢰를 받으면 눈이 반짝였다. 선
물 받을 사람의 나이와 성별, 직업, 관심사, 취향 등 세세한
정보를 물어본 다음 좋아할 만한 두세 권의 책을 소개하는
일이 내가 좋아하는 것을 손님과 나누는 일처럼 느껴져 기

뺐다. 서점에서 보내는 시간이 쌓여 갈수록 타인과 책으로 교감하는 즐거움에 대한 갈증이 깊어졌다.

> 절대적으로 즐겁고 보람찬 일은 이 세상에 존재하지 않는다. 일의 재미는 스스로 찾아야 하는 주관적인 문제다. 일이 내게 기회를 주지 않는다고 탓하기 전에 내가 먼저 일의 가능성에 기회를 줄 생각을 해 보면 안 되는 것일까. 회사를 위해서가 아니라 오로지 나를 위해서 말이다. "일이 지루하다"라고 투덜대기 전에 '그럼 즐겁게 할 수 있는 방법은?'이라며 고민을 해 보면 안 되는 것일까.
>
> 임경선, 『태도에 관하여』

머릿속에 번개가 쳤다. 갈증을 왜 꼭 서점에서 채워야 한다고 생각했을까. 그때부터 서점 바깥으로 향하는 외출이 시작되었다. 독서 모임에 참가해 여러 사람과 함께 책을 읽었고, 일본 서점 여행 경험을 나누기 위해 여행 책방 '일단멈춤'에서 워크숍을 열었다. '책방만일'의 일일 책방지기를 맡은 날에는 일본의 개성 있는 서점을 쏘다니며 수집한 책과 소품을 전시했다. 책으로 소통하는 기회를 서점 바깥에서 스스로 만들기 시작한 것이다.

그러던 어느 날, 땡스북스에 책을 입고하러 온 디자인 스튜디오 겸 1인 출판사 '6699press'의 이재영 님에게 '느릿느릿 배다리씨와 헌책잔치' 참여 제안을 받았다. 재영 님은 인천 배다리 헌책방 거리를 알리는 다양한 활동을 해 오고 있었는데, 헌책잔치도 그중 하나였다. 재영 님이 알려 준 사이트에 접속하니 "책과 사람이 만나 새로운 인연이 되고 즐거움이 되는 느긋하고 소박한 잔치에 당신을 초대합니다"라는 문구가 보였다. 정기적으로 대형 중고 서점에 들러 읽은 책들을 정리하곤 했는데 이번만큼은 편리 대신 낭만을 좇아 보기로 했다.

헌책잔치 전날, 세 가지 기준으로 책을 추렸다. 이미 산 책인지 모르고 또 산 책, 한 번 읽은 것으로 충분한 책, 여러 핑계로 읽지 못했고 앞으로도 읽지 못할 것 같은 책. 그중에서 상태가 나쁜 책은 빼고 여행용 가방에 들어갈 서른 권 정도를 선별해 가격을 매겼다. 저렴한 가격이었지만 다른 사람들도 재미난 책을 많이 가지고 올 텐데 다 팔 수 있을지 걱정이 되었다. 묵직한 가방을 다시 끌고 돌아올 생각을 하니 끔찍했다. 판매 전략을 짜는 수밖에.

'완독한 책은 내가 읽으면서 좋았던 부분을 소개하면 될 텐데 아직 읽지 못한 책은 어떡하지? 아, 어떤 계기로 이 책을 샀는지 얘기하면 되겠다.', '대화를 나누는 게 부담스러운 손님도 있을 테니 포스트잇에 직접 설명을 써서 붙이면 어떨까?', '이 책은 어디서 샀더라? 이 책은 왜 또 샀지? 이 책은 이 대목이 참 좋았는데……..'

짐을 싸다 말고 아닌 밤중에 책 속으로 추억 여행을 떠났다. 콘셉트가 특이해서 구입한 『3시의 나』는 일본의 일러스트레이터 아사오 하루밍이 1월 1일부터 12월 31일까지 1년간 매일 오후 3시에 무엇을 하며 지냈는지를 그림일기처럼 기록한 책이다. 매일 일기를 쓰겠다고 다짐하면서 사둔 걸 깜빡하고, 반품 도서 반값 할인 때 또 한 권을 사 버렸다. 그래서 포스트잇에 이렇게 썼다.

오늘 하루를 기록하고 싶어서 일기를 쓰려고 마음먹지만 꾸준히 하기가 쉽지 않죠. 저자는 귀여운 일러스트와 짧은 글로 매일 오후 3시에 무엇을 했는지 1년간 기록해 책으로 냈답니다. 일기를 쓰고 싶게 만드는 사랑스러운 책입니다.

『나는 오늘부터 말을 하지 않기로 했다』는 '말'을 가르치며 '말'로 먹고사는 커뮤니케이션학과 교수가 우연한 계기로 43일간 묵언 수행을 하며 깨달은 말의 본질을 기록한 책이다. 친구들과 만나고 돌아오는 길이면 항상 '이 말은 하지 말걸' 하고 후회하는 날이 많은 나에게 도움이 될 것 같아서 구입했는데 한 번 읽은 것으로 충분하다는 생각이 들어 팔기로 했다.

제목에 끌려 구입한 책입니다. 우연히 시작한 묵언이 변화시킨 43일간의 일상을 담고 있어요. 일상에서 실천하기는 어렵겠지만 저자가 묵언을 통해 어떤 깨달음을 얻었는지 책에서 확인해 보세요.

『여자 혼자 떠나는 두근두근 교토 산책』은 교토 여행을 가기 전에 참고하려고 산 책이다. 첫 일본 여행을 앞두고 대형 서점을 들락날락하며 가이드북을 고르던 기억이 떠올랐다. 그 뒤로도 몇 번의 교토 여행을 다녀오면서 더는 가이드북이 필요 없게 되었지만, 첫 여행을 앞둔 누군가에게 이 책이 쓸모 있기를 바라며 포스트잇에 메모를 남겼다.

일본 여행을 자주 다니는데 그중에서도 가장 좋아하는 곳을 꼽으라면 단연 교토입니다. 취미로 교토 여행을 즐기는 저자가 교토의 계절별 명소, 추천 간식, 특산품 정보를 정리한 만화 가이드북을 소개합니다. 특히 혼자 여행을 준비 중인 여성분에게 추천드려요.

이 책을 살 때 나의 마음이 어땠는지, 이 책을 읽고 삶에 어떤 변화가 생겼는지, 책에 얽힌 추억이 꼬리에 꼬리를 물고 이어졌다. 대형 중고 서점에 책을 팔 때는 경험해 본 적 없는 일이었다. 책 한 권 한 권에 포스트잇 메모를 써 붙이느라 새벽 늦게 잠든 탓인지 다음 날 늦잠을 자서 헐레벌떡 집을 나섰다.

헌책방 거리에 도착하니 잔치가 한창이었다. 돗자리를 펴고 서둘러 갖고 온 책을 진열했다. 손으로 꾹꾹 눌러 쓴 메모가 붙어 있는 책들이 펼쳐진 낯선 풍경에 자연스레 손님이 모여들었다. 전날 밤 책을 꼼꼼히 살펴보며 소개하는 글을 쓴 덕분인지 손님과 대화하기도 수월했다. 한 분 한 분과 눈을 맞추며 어떤 책을 찾고 있는지 물어보고 재미있게 읽을 만한 책을 추천했다. 내가 다른 손님과 나누는 얘기를 듣고는 "그럼 이 책은 어때요?" 하고 먼저 말을 건네는 손님도 많았다. 서점에서 일할 때는 손님이 부담스러워하지 않도록 적당한 거리를 유지해야 했는데, 작은 돗자리를 사이에 두니 손님과 내 마음의 거리도 그만큼 가까워진 듯했다.

다섯 살 아들과 함께 책을 고르던 손님이 『엄마 딸 여

독자에게 직접 책을 전하는 즐거움을 느끼게 해 준
'느릿느릿 배다리씨와 헌책잔치'. 이날의 경험
덕분에 내가 열고 싶은 서점의 모습을 구체적으로
그릴 수 있었다.

행』이라는 책을 집어 들었다. 여행 작가인 저자가 엄마와 직접 다녀온, 엄마의 눈높이에 맞춰 세심하게 고른 전국 스물다섯 곳의 여행지를 담은 가이드북이다.

"이 책은 제가 결혼을 앞두고 엄마와 둘이서 여행을 다녀오고 싶어서 샀던 책이에요. 부모님 모시고 다녀오기 좋은 곳들이기도 하지만 아이와 함께 일박 이일로 다녀오기 좋은 국내 여행지가 잘 소개되어 있어요."

"안 그래도 이제 아이가 좀 커서 남편이랑 아이 데리고 주말에 일박 이일 국내 여행을 다녀 볼까 하던 참이었어요. 저 이 책 주세요."

"네, 사천 원입니다. 여행하기 좋은 계절이잖아요. 여행 다니면서 즐거운 추억 많이 만드세요. 감사합니다."

나는 바쁘다는 핑계로 엄마와 여행을 떠나지 못했지만, 손님은 이 책을 읽고 가족과 소중한 시간을 보냈으면 하는 바람으로 인사를 건넸다. 그렇게 한 권 한 권 마음을 담아 팔다 보니 가져온 책은 금세 동이 났다.

헌책잔치가 끝난 이후 고민이 많아졌다. 내가 즐겁게 읽은 책을 독서 모임 도서로 선정해 사람들과 함께 읽는 순간, 일본 헌책방에서 발견한 흥미로운 책을 사람들과 나누는 순간, 책을 추천받아 사 간 손님이 내가 골라 준 책은 믿고 읽을 수 있다며 다시 한 번 추천을 부탁하는 순간, 헌책 잔치에서 책과 함께 마음을 담아 인사를 건네던 순간. 그런 순간순간이 자꾸만 떠올랐다.

　서점 일이 좋아진 순간부터 언젠가 독립해서 내 서점을 열고 싶다는 생각을 어렴풋하게 해 왔지만, 늘 아직은 때가 아니라고 미루었다. 모아 놓은 돈도 없는데 창업 비용은 어떻게 할 것이며, 어찌어찌해서 문을 연다고 해도 잘되리라는 보장이 없었다. 땡스북스가 주는 안정감도 컸다. 여기서 몇 년 더 경험을 쌓고 독립하는 게 현명한 선택 같았다. 인내가 필요한 시기인데 무턱대고 용기를 내려는 건 아닐까 싶어 자꾸 뒷걸음쳤다. 그런데 서점 바깥에서 작은 경험이 차곡차곡 쌓이면서 어느 순간부터 이유 모를 자신감이 생겼다. 책을 전하는 방식에는 여러 모습이 있겠지만 내가 좋아하는, 가장 자신 있는 방식은 독자와 눈을 맞추고 한 권의 책을 직접 전하는 것이었다. 지금이야말로 용기가 필요한 순간이었다. 2015년 12월 31일, 나는 땡스북스를 그만두었다.

내 삶에서는 나의 선택만이 정답

+

퇴사를 했으니 이제 마음에 드는 공간을 찾아 계약하고 서점 이름을 짓고 책을 입고하기만 하면 된다고 생각했다. 가장 넘기 어려운 퇴사라는 관문을 통과했으니 앞으로 남은 과정은 식은 죽 먹기라고 말이다. 그런데 웬걸, 신이 나서 부동산을 알아보러 다니기는커녕 보름이 지나도록 집 밖으로 꼼짝도 하기가 싫었다. 제때 나오는 월급을 받으며 회사원으로 살아오던 내가 아무리 작은 규모라지만 자영업자가 될 수 있을까? 막상 열고 보니 가게 운영에 소질이 없다면? 서점 주인의 꿈을 향해 한 발짝 크게 내디뎠다고 생각했는데 다시 출발점이었다.

회사까지 그만둔 마당에 소심해지는 나 자신이 당황스러웠지만 마음이 움직이지 않는데 억지로 몰아붙이기보다는 아이디어도 얻을 겸 한 달간 일본 여행을 다녀오기로 했다. 일본 서점 여행을 다니며 알게 된 'B&B' 점장 데라시마 사야카 씨에게 퇴사와 여행 소식을 알리자, 그는 B&B 대표이자 북코디네이터로 활동 중인 우치누마 신타로 씨와 한국과 일본의 서점을 주제로 이야기 나누는 행사를 해 보자는 뜻밖의 제안을 했다.

B&B는 'Book'(책)과 'Beer'(맥주)의 첫 글자를 따서 만든 이름으로 도쿄 시모키타자와에 위치한 서점이다. 술 먹는 서점의 원조로 잘 알려져 있지만, 문을 연 이래 1년 365일 하루도 빼놓지 않고 행사를 여는 곳으로도 유명하다. 이런 곳에서 여는 행사에 내가 참여하다니 잘할 수 있을까, 아니 그보다 신청자가 없으면 창피해서 어떡하나 걱정이 앞섰다. 그럼에도 나에게 선배 서점인으로서 많은 영감과 자극을 준 우치누마 씨와 직접 이야기를 나눌 수 있는 기회를 놓치기 아쉬워 덥석 해 보겠다고 말해 버렸다.

'한국과 일본의 서점 사정'이라는 주제의 행사는 내가 일했던 땡스북스 이야기로 시작되었다. 긴장됐지만 내가 가장 잘 아는 이야기이므로 실수 없이 이어 갈 수 있었다.

문제는 그다음부터였다. 본격적인 질의 응답 시간이 되자 우치누마 씨는 나에게 일본 서점 여행에 대해 물었다. 특별히 어떤 부분을 신경 써서 보거나 생각을 정리하며 다녔다기보다는 내가 좋아하는 것을 직감적으로 찾아다녔던 탓에 질문에 대답하기가 쉽지 않았다.

"일본어를 모르는데 일본 서점에 오면 어떤 방식으로 책을 고르나요?"

"아무래도 언어를 모르기 때문에 내용보다는 표지 디자인 위주로 살펴봅니다. 책에 관한 책, 서점 관련 책이 모여 있는 서가는 꼭 둘러보고요."

"그렇다면 일본 서점에서는 어떤 부분을 중요하게 보나요?"

"가장 먼저 서점의 고유한 분위기나 인테리어를 살피고요. 책을 진열하는 방식이나 특집 코너, 손님에게 서비스하는 모습 등을 주의 깊게 봅니다."

행사 내내 부끄러웠다. 그동안 여러 서점을 방문하며 보고 듣고 느낀 것은 많았지만 그걸 제대로 소화하지 못했다는 생각이 들었다. 책의 내용보다는 이미지에 집중하고, 서점의 본질보다는 서점의 외적인 부분만 좇고 있던 게 아닐까? 나는 왜 서점을 열고 싶은 걸까? 내가 서점에서 다루고 싶은 책은 뭐지? 나에게는 '서점'이라는 껍데기만 있고 '책'은 없어 보였다. 책을 통해 전하고 싶은 무언가를 단단하게 다져 놓은 사람은 목적과 방향이 분명해서 흔들리지 않을 텐데, 나는 그렇지 않아서 하루에도 수십 번씩 마음이 이랬다저랬다 하는 게 아닐까? 서점 콘셉트나 운영 계획은 차고 넘쳤지만 책에 대한 고민이 부족한 것 같았다. 서점을 열어야 하는 명분도 없고, 서점을 여는 데 필요한 준비도 부족하다는 자괴감에 빠졌다. 응원차 행사에 참석한 6699press의 재영 님에게 내가 느낀 부끄러움을 털어놓았다. 재영 님은 돌아가서 바로 서점을 열기보다 시간을 두고 천천히 준비하는 게 어떻겠느냐고 조심스럽게 물었다. 사려 깊은 사람의 진심 어린 조언이었기에 흘려들을 수 없었다.

다음 날, 행사에서 통역을 맡아 주셨던 쿠온출판사 김승복 대표님을 만났다. 김승복 대표님은 1인 출판사 대표이자 한국 문학을 일본에 소개하는 에이전트, 한일 문학 교류의 장을 만드는 한국 서적 전문 북카페 '책거리' 운영자로, 일본에서 한국 문학을 알리기 위해 일인다역을 자처하는 에너지 넘치는 분이었다.

"지혜 씨는 언제 서점을 열 예정이에요?"

나는 '볼드모트'라는 이름이라도 들은 것처럼 화들짝 놀라 주눅이 든 목소리로 대답했다.

"어제 행사를 통해서 느낀 건데 저는 아직 준비가 덜 된 것 같아요. 서점을 열고 싶다는 마음만 앞섰지, 정작 서점을 통해 어떤 메시지를 발신하고 싶은지는 생각해 보지 않았더라고요. 깊이가 생길 때까지 좀 더 시간을 두고 준비하려고 해요."

김승복 대표님이 정색을 하며 그게 무슨 소리냐고 했다.

"서점을 열고 싶다는 마음은 왜 이유가 안 되죠? 나는 그것만으로도 충분하다고 생각하는데요. 의미? 깊이? 그런 건 다 말만 잘하는 사람들이 변명처럼 하는 얘기예요. 생각만 해서는 알 수 없는 것들이 많아요. 저만 해도 책거리를 열고 나서 배운 게 얼마나 많다고요. 나는 지혜 씨가 하루라도 빨리 서점을 열었으면 좋겠어요."

너무 다른 두 사람의 반응에 혼란스러웠다. 한국으로 돌아와 지인들에게 행사 이야기를 하며 조언을 구했더니 그들의 의견도 반으로 나뉘었다. 부족하다고 느낀 점을 보완하며 천천히 준비해 보라는 쪽과 서점을 열고 싶은 마음이면 됐지 뭐가 더 필요하냐고 움직여 보라는 쪽. 곰곰 따져 보니 그들 각자가 추구하는 삶의 가치관에 따른 조언이었다. 모든 일을 깊이 있게 생각하고 의미를 중요하게 여기는 생각파와 일단 행동으로 옮기고 부족한 점을 보완해 나가는 행동파. 그때 깨달았다. 둘 중에 정답은 없으며 내가 어떤 사람인지 아는 것이 더 중요하다는 것을.

땡스북스에서 일하며 얻은 가장 큰 깨달음은 책을 대하는 자세였다. 그 전까지 알고 있던 책의 세계에서 책은 고답적인 것이었다. 땡스북스는 달랐다. 땡스북스는 사람들에게 책과 가까워지면 맛볼 수 있는 행복을 경험하게 해 주었다. 노란 불빛의 따뜻한 조명이 비추는 공간, 잔잔한 음악이 흐르고 커피향이 나는 편안한 공간에서 책을 고르는 즐거움이 얼마나 큰지, 퇴근길에 서점에 들러 문화적인 자극을 받는 것이 삶을 얼마나 풍요롭게 만들어 주는지 알려 주었다. 책의 가치만을 강조할 게 아니라 책 읽는 환경을 매력적으로 만들면 책에 대한 관심이 자연스럽게 생겨난다는 것을 나는 땡스북스에서 배웠다. 내가 좋아하는 공간에서, 내가 가장 잘할 수 있는 방식으로, 내가 느낀 책의 재미를 사람들에게 전해 주고 싶다. 이런 마음이면 충분하지 않을까?

B&B 행사에서 받은 질문을 곱씹어 보았다. 시간을 되

돌린다고 하더라도 내 대답은 크게 다르지 않을 것 같았다. 어쩌면 나에게 부족한 점은 깊이가 아니라 나 자신에 대한 믿음 아니었을까. 스스로 생각이 정리되지 않은 상태에서 이 얘기 저 얘기 듣다 보니 혼란스러워졌던 건 아닐까. 같은 대답이라도 확신이 서지 않은 생각을 의기소침하게 말하는 것과 내 마음속에서 정리된 생각을 자신 있게 말하는 것은 다르다. 먼저 '나'라는 존재가 단단하게 서 있어야 한다는 걸, 너무 따끔했지만 그래서 더욱 확실하게 깨달았다. 내 삶에서는 나의 선택만이 정답이라는 걸.

일의 조건과 환경

+

내 서점을 열 거라고 말했을 때 "축하해" 다음으로 가장 많이 들었던 얘기는 "그래서 서점은 어디에서 할 거야?"였다. 사실 서점 위치에 대해 구체적으로 생각해 본 적이 없었다. SNS만 잘 이용하면 문화 소비에 적극적인 이삼십 대 독자가 알아서 찾아와 줄 거란 근거 없는 믿음 때문이었다. 유동 인구나 접근성보다는 채광이 좋은지, 큰 창이 있는지, 주변 풍경은 어떤지 등 내가 상상하는 서점의 분위기와 어울리는 공간을 찾는 것에 중점을 두었다. 물론 가장 중요한 조건은 월세였지만.

하루는 서울에서 비교적 월세가 싸다고 하는 몇몇 지역을 후보에 올리고 남편과 부동산을 찾아다녔다. 한눈에 여기다 싶은 곳은 없고 이 정도면 괜찮은 건가 우물쭈물하고 있으니 보다 못한 남편이 나에게 물었다.

"이래선 안 되겠다. 너는 분위기만 중요하게 생각하지 공간에 대한 구체적인 기준이 없어. 일단 월세부터 정하자. 내 생각에는 월세가 매출의 15퍼센트를 넘으면 안 돼. 네가 낼 수 있는 월세는 얼마야?"

뭐든 잘될 것부터 생각하는 긍정적 낭만주의자가 나라면 뭐든 안될 것부터 생각하는 비관적 현실주의자가 남편이다. 더군다나 그는 부모님을 도와 다양한 업종의 가게를 운영해 본 경험 많은 자영업 선배였다. 두 눈만 깜빡깜빡하고 있는 나에게 남편이 숙제를 내 주었다.

"간단하게 설명해 줄게. 네가 벌어야 하는 돈(a)을 먼저 계산해. 서점 월세와 유지비, 네가 월급으로 가져갈 인건비가 여기에 포함되겠지. 그다음에 책 한 권을 팔았을 때 남는 순수익(b)을 대략적으로 계산하는 거야. a를 b로 나누면 한 달에 몇 권의 책을 팔아야 서점을 유지할 수 있을지 수치가 나와. 그 수치에 따라 월세의 마지노선을 정해 봐."

조언대로 한 달에 내가 벌어야 하는 돈부터 계산해 보았다. 월세와 공과금, 도서 구입비는 다 합쳐서 100만 원, 내 월급은 소심하게 100만 원. 그러면 합해서 200만 원이다(이것만 봐도 내가 얼마나 숫자 개념이 없는지 알 수 있다). 다음은 책 한 권을 팔았을 때 남는 순수익. 참고서나 잡지 없이 일반 단행본만 취급하는 서점을 열고 싶었기 때문에 책값을 평균 15,000원으로 잡았다. 책은 출판사에서 직접 받거나 도매상을 통해 받을 수 있는데 서점의 규모상 출판사와 직거래를 트기는 어려울 것 같았다. 도매상에 확인해 보니 공급률_{출판사에서 서점 등 도서 유통·판매 업체에 책을 납품하는 가}

격 비율. 정가 1만 원인 책을 7천 원에 공급하면 공급률은 70퍼센트다은 대체로 70에서 75퍼센트 사이, 더러 85퍼센트도 있었다. 평균 공급률을 75퍼센트로 잡고 계산기를 두드리니 15,000원짜리 책 한 권을 팔면 서점에는 3,750원이 남았다. 그럼 200만 원을 3,750원으로 나누면? 533권이라는 충격적인 수치가 나왔다. 하루도 쉬지 않고 매일 18권을 팔아야 맞출 수 있는 숫자였다. 그렇게 팔아서 내가 버는 돈이 100만 원이라는 건 차치하고 하루에 18권을 팔 수나 있을까 싶었다.

'너 하루에 18권 팔 자신 있어? 혼자 운영하는 손바닥만 한 서점에서?'

스스로에게 물어보았다. 온라인 서점보다 책 보유량도 적고 할인이나 적립, 배송도 안 되는 작은 서점에서 매일 18권을 파는 게 가능할까? 규모에 따라 다르겠지만 이게 얼마나 어려운 일인지는 서점에서 일해 봤으니 아주 잘 알고 있었다. 게다가 이 계산대로라면 감당할 수 있는 월세는 50만 원. 권리금이 없고 월세가 50만 원을 넘지 않으면서 마음에도 드는 공간을 찾을 수 있을까? 서울에서 말이다.

　　서점을 여는 일은 쉬워 보였다. 자격증이 필요한 일도 아니고 카페나 식당처럼 설비를 갖춰야 해서 목돈이 필요한 일도 아니다. 나는 서점에서 일한 경험도 있으니 적당한 가격에 공간을 구하고 책을 들여놓으면 될 일이었다. 하지만 '서점을 여는 것'이 최종 목표는 아니었다. 좋아하는 일을 나답게 즐겁게 지속 가능하게 하고 싶어서 선택한 독립이었다. 서점을 열어 봐야 알 수 있는 것도 많겠지만 적어도 수익 구조는 확실히 대비해 놓고 싶었다. 그럼에도 새로운 서점이 문을 열었다는 소식을 접할 때마다 괴로웠다. 용기 없는 내가 너무 초라해 보였다. 서점 주인들을 만나 이야기를 나누다 보면 하나같이 몰라서 시작할 수 있었다고 말했다. 서점에서 일한 경험이 오히려 내 발목을 붙잡고 있는 걸까? 아니, 어쩌면 이게 현실일지도 몰랐다. 새로 생긴 서점도 많지만 조용히 문을 닫는 서점도 하나둘씩 늘고 있었다. 현실과 용기 사이에서 무엇이 정답인지 결론을 내리기가 어려웠다.

　　그때 구원투수처럼 등장한 건 '비파크'의 공간을 기획하고 관리하는 일을 해 보지 않겠느냐는 제안이었다. 비파크는 사회 혁신과 관련된 인프라가 모여 있는 서울혁신파크에서 운영하는 도서관이다. 기한이 정해져 있는 일이고, 서점이 아닌 도서관 형태이지만 이것 역시 책으로 공간을 꾸려 가는 일이니 여러모로 도움이 될 것 같았다. 2016년 3월부터 비파크에서 도서관지기로 일하면서 서점의 수익 구조를 어떻게 풀면 좋을지 고민해 보기로 했다.

　　주제에 맞게 책을 선별하고 소개하는 일은 땡스북스에서도 해 본 일이니 어렵지 않아 보였다. 하지만 비파크 일은 생각보다 녹록지 않았다. 삶과 세상을 사유하는 인문학 책으로 구성된 생각 도서관, 저성장 시대의 생존법을 고민하는 책이 있는 다른 삶 도서관, 내 몸에 맞는 정직한 일상 꾸리는 방법을 안내하는 몸 도서관, 자연을 이야기하는 숲 도서관까지, 비파크는 시민들에게 책을 매개로 서울혁신파크에서 추구하는 다양한 사회 혁신 메시지를 전하겠다는 목적이 뚜렷한 공간이었다. 책을 다루는 일이 익숙한 나에게도 이런 주제들은 생소한 분야였다. 회의 시간에 다른 사람들은 자연스럽게 대화를 나누는데 나만 혼자 멍

하게 있는 일이 잦았다. 땡스북스에서 비슷한 관심사와 취향을 공유하는 사람들과 있을 땐 느껴 본 적 없는 소외감이었다. 대출 없이 사람들이 자유롭게 책을 읽다 갈 수 있는 열린 도서관이다 보니 독자와 직접 마주칠 기회가 적다는 점도 아쉬웠다. 퇴근 전에 서가를 정리할 때 몇몇 책이 원래 위치와 다르게 꽂혀 있거나 흐트러진 모습을 보면서 누군가 이 책을 읽었구나 하고 혼자 짐작할 뿐이었다. 책을 소개하는 일이니 당연히 잘할 수 있을 거라고 너무 쉽게 생각했음을 뒤늦게 깨달았다. 내가 다룰 '책'을, 그 책이 놓일 '장소'를, 그 장소를 찾게 될 '사람'을 간과한 게 문제였다.

그러고 보면 편집자, 서점원, 도서관지기 모두 내가 좋아하는 책과 관련된 일이지만 일의 조건과 환경에 따라 그 안에서 느낀 재미와 힘든 점은 제각각 달랐다. 출판사에서 책을 만들면서, 서점에서 책을 판매하면서, 도서관에서 책을 관리하면서 가장 견디기 힘든 점들이 무엇이었는지 떠올려 보았다. 편집자일 때는 잘 알지 못하는 분야의 책을 만드는 게 싫었다. 정작 나는 관심도 없으면서 다른 사람이 읽을 책을 만든다는 게 독자를 기만하는 것처럼 느껴져 부끄러웠다. 서점원일 때는 내가 느낀 책의 재미를 독자에게 직접 전할 수 없다는 점이 아쉬웠다. 서점 안에서 독자와 소통할 수 있는 방법을 고민해 보았지만 당시 일하던 서점의 규모나 성격상 실행에 옮기기 힘든 부분이 많았다.

비파크 일은 편집자와 서점원으로 일하면서 힘들어했던 점을 모두 가지고 있었다. 잘 알지 못하는 분야의 책을 다루는 일이었고 독자와 소통할 기회가 없는 일이었다. 뒤집어 생각하면 나는 독자와 교감하는 환경에서 좋아하는 분야의 책을 다룰 때 가장 나답게 즐겁게 자신 있게 일할 수 있다는 뜻이기도 했다. 내가 가진 능력을 백 퍼센트 펼칠 수 있는 환경을 만드는 것이 얼마나 중요한지 깨닫는 순간이었다. 내가 주체가 되어서 마음껏 일할 수 있는 장소를 만들자. 그제야 서점을 열어야 할 이유가 또렷이 보였다. 이제 남은 숙제는 단 한 가지, 수익 구조를 해결하는 일이었다.

비파크에서는 어린아이부터 노인에 이르기까지
다양한 연령대의 시민에게 책을 소개한다.
나에게는 이 점이 가장 고되면서도 흥미로운
지점이었다. 그동안 다뤄 본 적 없던 분야의 책을
살피고 소개하는 데에 많은 시간과 품이 들었다.
하지만 고생한 만큼 배우는 정직한 보상과 이 일을
하지 않았더라면 알지 못했을 책을 발견하는
기쁨이 있었다.

한계에서 벗어나는 자유

✛

내가 읽어 본 책만 파는 서점. 서점을 연다면 다른 건 몰라도 이것만큼은 꼭 지키고 싶었다. 내가 읽은 책이라야 손님에게 자신 있게 권할 수 있을 테니까. 여기에 가능한 작은 규모의 공간을 구해 월세 부담을 덜어야 한다는 제약 조건이 덧붙었다. 다섯 평 정도의 크기에서 내가 읽어 본 책만 파는 서점을 하려면……. 전 직장 상사이자 마음이 잘 맞는 친구이기도 한 땡스북스 최혜영 점장에게 고민을 상담했다.

"약국 같은 서점은 어때요?"

약국의 조제실과 접수처처럼 공간을 절반으로 분리해서 창구 안쪽에는 내가 읽은 책을 보관하고, 창구 바깥에는 내가 권하고 싶은 책을 엄선해서 판매하는 방식이면 어떻겠느냐는 말이었다. 일반 서점에서는 손님이 직접 책을 고르고 도움이 필요할 때 서점원을 찾는다. 반대로 약국형 서점에서는 방문하는 모든 손님이 서점원과 대화를 나누고 책을 구입하는 것이다. 그래, 바로 이거야!

약국형 서점으로 방향을 잡고 아이디어를 구체화하던 중 행복 지수 1위 국가인 덴마크의 행복 비결을 취재한 『우리도 행복할 수 있을까』를 읽고 주치의 제도를 알게 되었다. 덴마크의 모든 시민에게는 담당 주치의가 정해져 있는데, 보통 주치의는 한 동네에 자리를 잡으면 은퇴할 때까지 그곳에서 일하기 때문에 오래 사귄 동네 친구나 다름없다고 한다. 건강과 인생을 보살피는 동네 주치의인 셈이다. 덴마크의 동네 주치의처럼 오래 사귄 독서 주치의가 있다면 어떨까 상상해 보았다. 베스트셀러나 유명 대학의 권장 도서 대신 나의 관심과 취향에 맞는 책을 처방해 주는 독서 주치의가 있다면? 힘든 일을 겪었을 땐 마음을 다독이는 데 도움이 되는 책을 건네고, 재미있게 읽은 책에 대해 이야기하면 이어서 읽기 좋은 책을 권하는, 책으로 삶을 풍요롭게 꾸려 나갈 수 있도록 돕는 독서 주치의가 있다면? 약국형 서점에서 출발한 아이디어는 덴마크 주치의

제도에서 구체화되어 한 사람 한 사람의 독서 차트를 관리하고 맞춤 책을 처방하는 서점을 만들겠다는 결론에 이르렀다.

'책을 처방하는 서점'이라는 콘셉트로 서점을 열려면 풀어야 할 두 가지 숙제가 있었다. 과연 사람들이 이런 낯선 형태의 서점을 이용할까? 즉석에서 손님에게 맞는 책을 처방하려면 엄청난 내공과 데이터베이스가 필요한데 내가 할 수 있을까? 둘 다 자신이 없었다. 답을 찾을 때까지 계획을 잠시 미루고 비파크에서 일하는 틈틈이 지금 할 수 있는 다양한 일을 시도해 보기로 했다.

합정동에 위치한 '뮤제 드 스컬프'는 수입 의류와 라이프스타일 제품을 판매하는 편집 매장이다. 매장에서 책을 주제로 하는 행사를 열고 싶어 하던 오새롬 대표님과 책과 관련된 다양한 일을 궁리하던 내가 우연한 기회로 의기투합하게 되었다. 대표님과 이런저런 의견을 나누던 중 내가 만들고 싶은 약국형 서점 '북파마씨'Book Pharmacy 이야기가 나왔고, 대표님은 시험 삼아 뮤제 드 스컬프에서 팝업 스토어일정 기간 동안 운영하는 매장 형식으로 열어 보자고 제안했다.

편집 매장 안에서 팝업 서점을 여는 일은 쉽지 않아 보였다. 일회성 행사를 위해 책을 입고할 방법도, 입고했다가 남은 재고를 처리할 방법도 마땅치 않았고, 매장에 책을 들인다고 하더라도 손님이 어떤 책을 필요로 할지 알 수 없었다. 막막해하던 와중에 『책의 역습』이라는 책에서 독특한 콘셉트의 서점 이야기를 읽게 되었다.

'서점' 하면 누구나 자연스럽게 책을 판매하는 공간을 떠올린다. 상품인 '책'과 판매가 이루어지는 '매장'이 없는 서점은 상상조차 할 수 없다. 그런데 일본에는 이 모든 것에서 자유로운 서점이 있으니 공기 책방이라고 불리는 '이카분코'(오징어문고)다. 서점을 운영하고 싶은데 자금이 없었던 가스카와 유키 씨는 기타 없이 기타 치는 시늉을 하는 '에어 기타'에서 아이디어를 얻어 공간도 없고 판매하는 책도 없는 공기 책방을 만들었다. 유키 씨는 실제로 가게가 존재하는 것처럼 매일 트위터에 "책방 문 열었습니다"라고 개점 인사를 하고, 무가지인 '이카분코 신문'을 발행한다. 이름이 알려지면서 오프라인 서점의 의뢰를 받아 '이카분코 페어'를 개최하거나 가게가 없다는 이점을 살려 잡지와 인터넷에 지점을 여는 등 다방면으로 활동을 확장해 나가고 있다.

이카분코는 책과 사람을 연결하는 일에는 한 가지 방법만 있는 게 아님을 알려 주었다. 이카분코를 보고 용기를 얻은 나는 다르게 생각해 보기로 했다. '어떻게 하면 손님에게 필요한 책을 갖추고 시작할 수 있을까?'에서 '어떻게 하면 책 없이 서점을 열 수 있을까?'로. 고민의 방향을 바꾸자 답은 쉽게 나왔다. 즉석에서 책을 고르지 않고 나중에 보내 주는 것이다. 그렇게 하면 더 정성을 들여 책을 고를 수 있으니 손님의 만족도도 높을 것 같았다. 오 대표님과 의논한 끝에 7월 한 달간 매주 토요일 저녁마다 한 분의 손님과 한 시간 동안 대화를 나누고 일주일 뒤에 책을 보내는 방식으로 팝업 서점을 진행하기로 했다. 최종 가격을 책정하고 조마조마한 마음으로 SNS에 손님 모집 글을 올렸다.

당신을 읽는 시간, 북파마씨 팝업 스토어

—

가만히 있어도 늘어지는 여름, 축 처진 당신의 몸과 마음을 위해
쉼표 같은 시간을 마련했습니다. 해 질 녘 풍경, 뺨에 닿는 바람,
노래가 잔잔히 흐르는 공간에서 천천히 당신을 읽어 내려갑니다.
그리고 열흘 뒤, 오직 한 사람만을 위한 맞춤책 한 권과 고요한 여름밤
숲 속에서의 산책처럼 싱그럽고 차분한 향이 담긴 트래블 캔들이
배달됩니다. 초를 켜고 편지 대신 그은 밑줄을 좇아가며 책을 읽어
주세요. 마지막 페이지를 덮고 나면 잔잔한 위로가 당신의 여름밤을

채워 줄 거예요.

막상 일을 저지르고 나니 불안해지기 시작했다. 어떤 손님이 신청할지 전혀 예측할 수 없었다. 나보다 책을 많이 읽은 손님이면 어쩌지? 내가 잘 모르는 분야의 책을 좋아하는 손님이면? 벼락치기 공부하듯 독서 에세이를 여러 권 사서 뒤적거리던 중에 '띵동' 알림 소리와 함께 첫 번째 예약 손님의 연락이 왔다. 과연 이런 방식의 서점을 이용해 주는 사람이 있을지 몇 달을 넘게 의심하고 있던 나를 구원하는 동아줄이 내려오는 소리 같았다. 조심스럽게 이 프로그램을 신청한 이유를 물어보았다.

"나를 전혀 알지 못하고 관계의 지속성에 대해 신경 쓰지 않아도 되는 사람에게 내가 하는 나의 이야기는 어떨까 궁금했어요. 최근에 개인적인 일이 있었는데 내 마음이 어떤지 도무지 모르겠더라고요. 결심을 하고 행동으로 옮기려고 해도 이게 내 진심인지 다른 사람들 말에 휩쓸리는 건지 계속 헷갈려요. 실은 '아, 모르겠다. 사주나 보러 갈까' 하다가 이 프로그램이 눈에 들어와서 신청하게 된 것도 있어요."

'책'이라는 단어는 한 번도 나오지 않은 의외의 답변이었다. 손님의 진심이 담긴 솔직한 답장을 받고 나니 내가 어떤 말을 해 줄 수 있을까 마음 졸이며 고민하던 시간이 우습게 느껴졌다. 그저 편견 없이 한 사람의 이야기를 있는 그대로 들어 주면 되는 일이었다. 그러고 나서 이 사람에게 전하고 싶은 책 한 권을 고르면 되는 일이었다.

책보다는 고민 상담이 목적인 손님, 책을 가려 읽는 편이라 다른 장르의 책에 도전해 보고 싶다는 손님, 책에 관한 대화를 나누고 싶어 신청한 손님, 언젠가부터 독서가 일처럼 느껴져 책장을 넘기기가 힘들어서 신청한 손님까지 네 분을 만났다. 처음 만난 사이였지만 책을 좋아한다는 공통점이 있었기에 대화를 이어 가는 일은 어렵지 않았다. 손님과 헤어지고 나서는 그분의 사연과 취향을 떠올리며 정성스럽게 책을 골랐다. 이 책을 받은 손님은 어떤 표정을 지을까, 이 책이 손님에게는 어떤 의미로 읽힐까. 한 사람을 위한 책을 고르는 일은 좋아하는 사람을 위해 선물을 준비하는 것처럼 기쁘고 설레었다.

누군가에게 추천할 책을 고민하는 것은 그 사람에 대해

깊이 생각해 보는 행위다. 여행지에서 그 사람을 생각하며 엽서를 쓰는 것과 같다. 오랫동안 책을 멀리한 사람도 먼 곳에서 보내 주는 엽서를 무시할 수는 없다. 그렇게 뜻하지 않은 곳에서 보낸 한 권이 요즘은 책을 안 읽는다는 그 사람을 다시 한 번 독서라는 즐거움으로 이끌 수 있을지 모른다.

하바 요시타카, 『책 따위 안 읽어도 좋지만』

북파마씨 팝업 서점을 진행하면서 그간 풀지 못한 두 가지 숙제도 자연스럽게 해결되었다. 자신의 이야기를 들어 줄 곳을 필요로 하는 사람이 있다는 걸 확인했고, 큐레이션 능력보다 중요한 건 진심으로 공감하고 소통하는 자세임을 깨달았다.

누군가에게 책 읽기의 즐거움을 직접 전하고 싶어 하던 나에게 책 처방은 맞춤옷처럼 꼭 맞는 일이었다. 도서 재고를 갖추지 않고 서점을 운영할 수 있는 묘수를 찾다 우연히 떠올린 방식이었지만 결과적으로는 예약제가 즉석에서 책을 고르는 것보다 손님과 나 모두에게 더 좋은 방법임을 알게 되었다. 또 예약제 운영은 한 사람에게 시간과 공간을 제공하는 것이기에 책값 외에 프로그램 이용료를

"여기 한 사람을 위해 문을 여는 서점이 있습니다. 빠듯한 일상에 쉼표 같은 시간이 필요하다면, 마음을 털어놓을 적당한 타인이 필요하다면, 책으로 일상을 풍요롭게 꾸려 나가고 싶다면 사적인서점을 찾아 주세요." 팝업 서점을 통해 만난 네 분의 손님을 떠올리며 책 처방 프로그램 이용 안내문에 쓴 문구. 손님과 일대일로 마주한 경험 없이 상상으로만 써야 했다면 절대 이렇게 쓰지 못했을 것이다.

©유제드스컴프

매길 수 있었다. 작은 공간에서 음료를 팔거나 행사를 열지 않아도 부가 수익을 낼 수 있는 방법을 찾은 것이다.

> 오늘날은 얻을 수 있는 사전 정보가 너무 많아서 끝끝내 자기 일을 시작하지 못하는 경우가 많다. 우선 작은 규모라도 좋으니까 무언가를 해 봐서 자신의 경험으로 삼는 것이 중요하다. 정보를 아무리 많이 모아도 그것이 옳고 그른지 판단하기 위한 경험이 부족하다면, 모은 정보를 유용하게 활용하기는 힘들다.
>
> 이토 히로시, 『작고 소박한 나만의 생업 만들기』

이 모든 것은 머릿속으로 생각만 할 때는 전혀 알 수 없는 정보였다. 팝업 서점을 열지 않았더라면 여전히 나는 실체 없는 두려움에 매일 지고 있었을지도 모른다. 알고 보면 내가 충분히 싸워서 이길 수 있는 상대인데도 말이다.

의심에서 확신으로

+

개성 있는 작은 가게들이 모인 공유 점포 '어쩌다가게'를 운영하는 회사 '공무점'에서 연락이 왔다. 어쩌다가게 망원점 1층에 서점을 만들 계획인데 이곳에서 매니저로 일해 달라는 제안이었다. 당시 나는 비파크에서 일하는 중이었고 빠른 시일 내에 서점을 열겠다는 목표가 있었기에 아쉽지만 고사할 수밖에 없었다.

거절을 하더라도 얼굴을 뵙고 말씀드리는 게 예의인 것 같아 어쩌다가게 망원점을 찾았다. 실력 있는 건축가들이 지은 건물답게 말끔한 외관이 눈에 들어왔다. 서점이 될 자리는 한 면이 통유리로 되어 있어 내부가 훤히 들여다보이는 열 평 정도의 아담한 공간으로, 양질의 목재로 만든 맞춤 가구가 준비되어 있었다. 내가 만들고 싶은 서점을 그대로 옮겨 놓은 듯한 모습에 마음이 일렁였다. 시스템이 갖춰진 서점에서 일해 본 경험은 있지만 새로이 서점을 만드는 일은 나에게도 낯선 영역이었다. 내 돈을 들이지 않고 창업 연습을 해 볼 수 있는 기회라는 생각이 들었다. 공무점 안군서 대표님께 매니저가 아니라 프리랜서 북디렉터로 이 일을 맡고 싶다고 제안을 드렸고, 그렇게 일주일에 삼 일은 비파크로 출근하고 나머지 시간엔 '어쩌다책방'을 준비하는 투잡 생활이 시작되었다.

어쩌다책방 개업 예정일까지 약 한 달의 시간이 주어졌다. 가장 먼저 서점의 콘셉트를 정해야 했다. 어떤 책을 팔면 좋을까? 어쩌다가게에서 운영하는 서점인 만큼 운영 주체와 공간의 특성이 드러났으면 했다. '뜻밖에 우연히'라는 가게 이름의 의미를 살려 '발견성'을 서점의 주요 콘셉트로 잡았다. 대형 서점에서는 보기 힘든 책, 서점을 방문한 손님이 사려고 계획한 책이 아닌 의외의 책을 발견할 수 있는 서점을 만들자.

다음은 '어떻게 발견하게 할까? 어떻게 팔까?'를 고민할 차례였다. '발견성'이라는 키워드를 가지고 이리저리 머리를 굴려 보다가 언젠가 내 서점을 연다면 꼭 해 보고 싶었던 '월간 서점'이라는 아이템을 떠올렸다. 월간 서점은 일본 서점 여행에서 힌트를 얻은 것인데, 그중에서도 도쿄의 서점 '마루노우치 리딩 스타일'에서 보았던 블라인드북Blind Book 서가에서 많은 영감을 받았다. 블라인드북은 제목, 저자, 출판사 등 책에 대한 기본 정보를 공개하지 않고 독자가 관심 있는 주제에 따라 책을 고를 수 있도록 기획한 책으로, 마루노우치 리딩 스타일의 서가에 진열된 다양한 블라인드북 중에서는 '생일 문고'와 '독서 요법'이 가장 인상 깊었다. '생일 문고'는 1월 1일부터 12월 31일까지 366일의 날짜가 적힌 북커버에 책이 포장되어 있다(2월 29일까지 넣은 섬세함이란!). 마음에 드는 날짜가 적힌 책을 고르면 그날에 태어난 유명 인사의 작품이 엄선되어 있어 자신의 생일을 기념하거나 다른 이의 기념일에 맞춰 책을 선물하기에 좋다. '독서 요법' 서가에는 마음을 치료하는 처방 책 칠십 권이 약 봉투 안에 담겨 있다. 독자는 봉투에 적힌 다양한 증상 중 자신에게 해당되는 것을 고를 수 있다. 두 가지 기획 모두 '날짜'와 '증상'이라는 새로운 선택지를 만들어서 독자에게 선입견 없이 책과 만날 수 있는 기회를 주었다는 점에서 '발견성'이라는 콘셉트에 꼭 들어맞았다.

또 하나, 일본 서점 여행을 다니며 눈에 띈 것은 서점에 비치된 북커버였다. 서점마다 사용하는 종이와 색상, 디자인이 제각각 달라서 수집하는 즐거움이 컸다. 서점에서 책 한 권을 사서 북커버로 싸 달라고 부탁한 뒤 기념품처럼 간직했다. 북커버를 씌우면 책을 깨끗하게 보관할 수 있고, 지하철이나 카페 같은 공공장소에서 책을 읽을 때 책 제목을 가릴 수 있다는 장점이 있다. 무엇보다 북커버로 포장된 책을 보며 '아, 이 책은 그때 그 서점에서 샀지' 하고 그날의 추억을 떠올릴 수 있다는 점이 가장 좋았다.

일본 서점의 블라인드북과 북커버에서 힌트를 얻어 매달 새로운 주제로 운영하는 '월간 서점'을 기획했다. 다양한 종류의 책을 구비해서 판매하는 기존의 방식에서 탈피하여 매달 하나의 주제를 정해 관련 도서와 그에 어울리는 상품으로 서점 전체를 구성하는 일종의 '기간 한정 서점'인 셈이다. 이때 해당 주제에 맞춰 제작한 북커버를 책에 씌워 판매한다. 어디에서나 살 수 있는 책에 북커버가 더해지면서 그 책은 특정 서점에서 특정 시기에만 살 수 있는 특별한 책이 되는 것이다.

하지만 이렇게 서점을 운영하려면 디자이너의 역할이 중요한데, 내 인건비를 벌 수 있을지도 모르는 상황에서 디자이너 인건비까지 감당하기는 어려울 것 같았다. 마음에만 담아 둔 '월간 서점'을 어쩌다책방에서 구현하기로 했다. 다른 직원이 없는 상황에서 매달 주제에 맞게 모든 서가 구성을 바꾸는 건 무리인 데다 팔고 남은 재고 처리도 문제였기 때문에 서가 하나만 매달 바꾸는 것으로 기획을 수정했다.

이런 과정을 통해 완성된 것이 '이달의 책방 주인'이라는 어쩌다책방만의 특별 서가다. 매달 한 명의 저자를 서점 주인으로 선정하고, 그 저자가 직접 서가를 꾸미는 책방 속의 책방이라는 콘셉트다. 저자에게 '서점을 연다면 그곳에서 소개하고 싶은 책은 무엇인가요?'라고 묻고 그가 추천하는 책에 이유를 적은 짧은 글을 곁들여 소개한다. 물론 저자의 대표작도 함께 진열한다. 이 기간 동안 어쩌다책방에서 책을 구매하면 책방 주인의 개성이 묻어나는 한정 북커버로 책을 포장해 준다. 한 달에 하루쯤은 저자가 직접 책방지기로 나서는 행사를 열어도 좋을 것 같았다. 어쩌다책방의 첫 번째 주인은 공무점 대표님들과 오랜 인연이 있는 건축가 오기사 님이 맡아 주었다.

서점 콘셉트에 맞게 입고할 도서 목록을 추리고 출판사에 서점 소개와 함께 직거래 문의 메일을 보냈다. 땡스북스에서 일하며 관계를 맺은 거래처들이었다. 소규모 서점과 직거래를 트는 것이 출판사 입장에서 얼마나 수고로운 일인지 잘 알기에 부탁하면서도 죄송스러운 마음이었다. "다른 건 몰라도 정 매니저 님 믿고 거래하겠습니다." 거절하는 출판사는 한 곳도 없었다. 땡스북스에서 매 순간 최선을 다해 일했던 시간을 보상받는 것만 같았다. 나를 믿고 흔쾌히 거래를 터 준 출판사를 위해서라도 더 열심히 책을 소개해야겠다는 책임감을 느꼈다.

월간 서점이라는 콘셉트도 북커버 서비스도 나중에 내 서점을 열면 쓰려고 했던 귀한 재료였다. 아깝지 않았다면 거짓말일 것이다. 하지만 언제가 될지 모를 불확실한 미래를 위해 아껴 두다가 영영 쓰지 못하게 될 바에는 조건이 갖춰진 이곳에서 내가 가진 재료들로 좋은 서점을 만들어보고 싶었다. 내가 정말 서점을 열 자질이 있는 사람인지 스스로 확인하고 싶었던 건지도 모르겠다. 그렇게 내 서점을 연다는 마음으로 어쩌다책방을 준비해 나갔다.

정신없이 한 달이 지나고 개업일이 되었다. 매장에 서서 손님들이 오가는 모습을 지켜보았다. 언젠가 내가 꾸리고 싶었던 이상적인 모습을 갖춘 책방에서, 한 권 한 권 정성 들여 고르고 고민해서 진열한 책을 눈 밝은 독자가 발견해 손에 쥐고 돌아가는 모습을 두 눈으로 보고 나니 확신이 들었다. 역시 나는 서점을 해야겠다고. 북파마씨 팝업 서점을 운영하며 수익 구조에 대한 고민도 해결했으니 남은 건 공간을 구하는 일뿐이었다.

팝업 서점을 마무리하고 얼마 지나지 않아 로그출판사 백지은 대표님께 연락이 왔다. 작업실로 쓰고 있는 곳에 빈 방이 생겼는데 그곳에서 서점을 해 보면 어떻겠느냐는 전화였다. 당장은 어려울 것 같아 거절했는데, 편하게 구경이나 해 보라는 대표님 말씀에 가벼운 마음으로 공간을 보러 갔다.

홍대에서 신촌으로 넘어가는 길목, 조금 허름해 보이는 건물 4층에 작업실이 있었다. 4층으로 올라가는 계단에는 아래층에 위치한 미술학원에서 내건 조소 작품들이 걸려 있어서 으스스한 느낌마저 들었다. 그런데 현관문을 열고 들어가자 전혀 다른 세상이 펼쳐졌다. 입구에는 아보카도 화분을 비롯해 크고 작은 식물들이 쪼르르 놓여 있었고, 하얀 나무 벽에는 내가 좋아하는 일러스트레이터들의 그림이 걸려 있었다. 작업실은 네 명이 사용하는 큰 방과 비어 있는 작은 방, 공용 부엌까지 40평 정도의 규모였다. 내가 보러 온 곳은 비어 있는 아담한 방이었는데, 양쪽으로 큰 창이 있고 천장도 꽤 높아서 작은 공간이지만 답답하다는 느낌이 들지 않았다. 큰 방과는 가벽으로 분리되어 있어 독립된 느낌이 들면서도 공용 부엌 덕분에 옆방 사람들과 동료처럼 지낼 수 있다는 점이 좋아 보였다.

막상 공간을 보자 가볍게 구경이나 하려고 했던 마음이 진지해졌다. 여기서 서점을 하면 어떤 모습일까? 이전에 사진 스튜디오로 사용하던 곳이라 그런지 창문부터 손잡이까지 구석구석 잘 꾸며져 있어서 별다른 인테리어 없이 페인트 칠만 새로 하면 될 것 같았다. 엘리베이터가 없는 4층이라는 점도 마음에 들었다. 지나가다 누구나 불쑥들어올 수 있는 공간보다는 서점의 운영 방식을 존중하고 이해해 주는 손님이 찾아오는 공간을 만들고 싶었다(지금은 연희동으로 이사 갔지만 당시 '유어마인드'가 엘리베이터 없는 건물 5층에 있다는 점도 큰 위안이 되었다). 게다가 집과도 가까워서 걸어서 출퇴근이 가능했다.

마음에 드는 공간을 만나자 지지부진하던 계획이 급물살을 타기 시작했다. 비파크 계약 만료까지 5개월이 남아 있던 시점이었다. 서점은 일대일 예약제로 운영할 생각이었으니 매일 문을 열지 않아도 괜찮았다. 몸은 좀 힘들더라도 당분간 쉬는 날 없이 일주일에 세 번은 비파크로 출근하고 나머지 요일에는 서점 영업을 하는 쪽으로 계획을 세웠다. 예약이 들어오지 않을 수도 있는 불안한 시기에 비파크 일과 병행하면 금전적인 부분에서 스트레스를 덜 받을 거라는 계산도 있었다.

공간을 두세 번 더 보고 온 뒤에도 고민에 고민을 거듭했다. 내 서점을 하고 싶은 이유도 명확했고 어떤 서점을 열고 싶은지 구상도 뚜렷했으며 마지막까지 골치를 썩이던 수익 구조도 해결했다. 이제 마음에 꼭 드는 공간까지 나타났으니 더는 망설일 이유가 없었다. 숨을 크게 들이쉬고서 백 대표님께 문자를 보냈다.

"저, 계약하고 싶습니다."

오래도록 품어 온 의심이 확신으로 바뀌는 순간이었다.

"이렇게 꼭꼭 숨겨진 공간을 어떻게 알고 구했어요?"라는 질문을 자주 받는다. 비결은 단한 가지. 내가 하고 싶은 일을 여기저기 소문내고다니는 것. 서점을 하고 싶다고 만나는 사람마다붙잡고 얘기했더니 주변에서 괜찮은 공간이 있다는말을 들을 때마다 나에게 전해 주었다.

더하기 빼기로 만든 서점

+

2016년 9월 1일, 계약서에 도장을 찍었다. 개업 예정일은 한 달 뒤인 10월 1일. 월세를 아끼려면 한 달 안에 모든 준비를 끝내야 했다. 서점 이름이나 가구 같은 큼직한 것부터 영업시간과 휴무일 등 세세한 사항까지 고민하고 결정해야 할 일투성이었다. '책을 처방하는 예약제 서점'이라는 얼개는 잡혀 있었지만 이걸 서점 영업에 어떻게 적용할 수 있을지 그림이 그려지지 않았다. '예약제 서점'으로 검색을 해 보아도 국내외 사례 중에 참고할 만한 곳이 없었다.

'예약제로 운영하는 다른 소매점은 어떨까? 참고할 만한 곳이 있지 않을까?'

문득 매달 이용하는 1인 미용실 '장싸롱'이 예약제로 운영되고 있다는 사실이 떠올랐다. 1인 미용실은 말 그대로 한 번에 한 명의 손님만 받는 미용실이다. 백 퍼센트 예약제이기 때문에 미용사는 대기하는 다른 손님에게 신경 쓸 필요 없이 손님 한 명 한 명에게 집중할 수 있고, 손님은 충분한 시간을 들여 자신이 원하는 머리 길이나 모양을 상담할 수 있다. 사장님은 내가 머리 만지기 귀찮아하는 걸 알고 드라이나 왁스 없이도 자연스러운 머리 모양을 유지할 수 있도록 잘라 준다. 사소하지만 나에게 꼭 필요한 조언도 잊지 않는다. 나와 취향이 잘 맞아 최근에 재미있게 읽은 책이나 영화, 휴가 계획, 고민거리를 편하게 나눌 수 있다는 것도 매달 장싸롱을 찾는 이유 중 하나다. 이곳에 정착하기 전까지는 마음에 드는 미용실을 찾아 정처 없이 떠돌아다니는 유목생활을 해야 했다. 사소해 보이지만 매달 나를 따라다니던 고민거리가 사라진 것만으로도 홀가분한 기분이 들었다. 믿고 가는 단골 가게가 생기면 삶의 질이 높아진다는 것도 장싸롱 덕분에 알았다.

나는 구식이다. 나는 반드시 주치의와 치과의사와 단골 미용사가 있어야 하고, 믿을 만한 서점도 하나는 꼭 있어야 한다고 믿는 사람이다.

로널드 라이스, 『나의 아름다운 책방』

한 사람만을 위한 서비스를 제공하는 1인 미용실처럼 한 사람만을 위한 책 처방 프로그램을 제공하는 1인 서점. 그렇게 '한 사람을 위한 서점'이라는 슬로건이 완성됐다. 서점에는 사전 예약을 한 손님만 방문할 수 있고, 프로그램이 진행되는 동안에 다른 손님은 받지 않는다는 운영 규칙도 만들었다. 1인 미용실에 가면 자리가 한 개 혹은 두 개만 준비되어 있는데, 이 점을 참고해 별도의 상담 탁자를 제작하기로 했다. 오직 한 사람만을 위해 준비된 특별한 자리라는 느낌이 들도록 말이다. 1인 미용실을 즐겨 찾는 손님의 입장에서, 1인 미용실을 운영하는 사장의 입장에서 생각해 보니 어렴풋하게 느껴지던 예약제 방식에 대한 갈피를 잡을 수 있었다.

예약제 방식을 선택한 데에는 다른 이유도 있었다. 서점에서 일할 때 서점이 누구에게나 열린 공간이라는 점이 나를 지치게 만들었다. 불특정한 사람이 불특정한 시간에 불쑥 찾아온다는 건 생각보다 스트레스가 큰 일이었다. 때로는 책과 서점에 관심 많은 손님이, 때로는 용무가 있어서 방문한 거래처 직원이, 때로는 친한 친구가, 하루에도 몇 번씩 사람들이 약속 없이 나를 찾아왔다. 밀린 업무를 보고 있건 밥을 먹고 있건 몸 상태가 좋지 않건 나는 언제나 밝은 얼굴로 그들을 맞이해야 했다. 서점에서 근무한 지 만 3년이 되어 갈 때쯤엔 작은 일에도 쉽게 짜증이 났다. 손님이 무례하게 굴어도 예의 바르고 친절하게 응대해야 한다는 게 힘들었다. 속에서는 천불이 나는데 겉으로는 웃고 있는 이중인격자 같은 내 모습에 속상한 날도 많았다. 가게를 열기로 결정한 이상 손님이 있든 없든 매일 같은 시간에 자리를 지켜야 한다는 점도 아쉬웠다. 예약제로 운영하면 나의 일정과 상태에 맞춰 유연하게 일할 수 있다는 점이 마음에 들었다. 사전에 약속한 사람만 만나면 되고 쉬고 싶을 때 예약을 받지 않으면 되니까. 서점원으로 일하는 것도 좋았지만 독립해서 내 서점을 해 보자고 결심했던 건 나답게 즐겁게 지속 가능하게 일하고 싶어서였다. 예약제 운영은 그 세 가지 기준을 모두 충족시킬 수 있는 유일한 방법 같았다.

나는 이제 명실공히 공인이 되었다. 물론 면담 시간이나 집무 시간은 따로 없으며 미리 면담 신청을 할 필요도 없는 공인이다. 아침 9시부터 저녁 6시까지 서점에 있으며 누구나 와서 내게 말을 할 수 있다. 심지어 점심시간도 상관없다. 다른 곳에 가 있더라도 서점 직원들은 내게 전화를 걸어 누군가가 찾는다고 전했다. 서점은 과거에 내가 알고 지내던 사람들을 만나 기쁨의 인사를 나누는 곳이기도 했다. 자기가 누구인지 내가 금방 알아채지 못하면 그들은 당황해했다. 학창 시절의 친구, 대학 때 다른 과 친구들, 헤어졌던 옛 연인, 이제는 사춘기가 지나버린 아들의 유치원 시절에 친하게 지낸 이들 등이 그들이다.

페트라 하르틀리프, 『어느 날 서점 주인이 되었습니다』

"어떻게 이런 방식의 서점을 열 생각을 했어요?" 책방을 열고 가장 많이 받은 질문이다. 대답은 간단하다. 서점이라는 틀에 내가 좋아하고 자신 있어 하는 일을 더하고, 하기 싫고 부담스러운 일은 빼서 만들었다. 나 역시 사적인 서점을 열기 전까지 직업이란 사회가 만든 일자리라고 생각했다. 취직을 하든 창업을 하든 기존에 만들어져 있는 틀에 나를 넣는 일이라고 말이다. 사적인서점을 준비하면서 처음으로 직업은 내가 만들기 나름이라는 것을 배웠다. 손님과 대화를 나누며 책의 재미를 직접 전하는 일을 하고 싶었기에 일반 서점에 일대일 상담이라는 방식을 더했고, 열린 공간에서 다수의 사람을 만나는 일이 힘들었기에 서점이 모두에게 열려 있어야 한다는 조건을 빼고 예약제 방식을 택했다. 사적인서점은 한 사람을 위해 맞춤 책을 처방하는 서점인 동시에 나를 위한 맞춤 직업이 되었다.

주인의 취향과 애정이 살뜰히 담긴 작은 가게가 좋다. 작은 가게에 가면 그곳을 꾸려 가는
사람이 보인다. 인기 가요 대신 주인이 직접 선곡한 멋진 음악이 흘러나오고 패션 잡지
대신 개인의 독서 취향이 드러나는 책들이 꽂혀 있는 미용실. 나는 그래서 장싸롱이 좋다.
누군가에게 사적인서점도 그러한 장소로 기억된다면 좋겠다. 나에게 장싸롱이 그러하듯이.

완벽한 선택

+

지인 1 　'사락사락' 어때? 책장을 넘기는 소리. 한자로 글 사
　　　詞, 즐길 락樂을 쓰면 책을 즐긴다는 뜻도 되잖아.

나 　　흠. 나쁘진 않은데 뭔가 아쉬워.

지인 2 　상수리나무 밑에선 상수리나무가 잘 자라지 못하기
　　　때문에 어른 나무에서 떨어지면 되도록 멀리까지
　　　굴러가라고 도토리가 동그랗게 생긴 거래요. 사람
　　　들에게 책의 재미를 널리 퍼뜨린다는 의미에서 '도
　　　토리문고' 어때요? 지혜 씨 별명이 다람쥐이기도 하
　　　잖아요.

나 　　남산도서관에 이미 '도토리문고'가 있어요. '도토리

책방'이라는 서점도 있고요.

지인 3   '귀책사유'는 어때요? 당신의 책을 생각한다. 서점
      콘셉트에 딱 들어맞는 것 같은데······.

나   의미도 마음에 들고 발상도 참신해서 좋은데 '귀책
      사유'라는 단어 자체가 부정적인 느낌이 있어서······.

지인 4   '산책'은 어때요? 책을 산책한다는 의미도 되고 책을
      구입한다는 뜻도 되니까.

나   고유명사가 아니라 인터넷에서 검색하면 다른 글에
      밀려서 서점 게시물이 아예 안 보일 것 같아요.

나   '책방 소확행'은 어때? '작지만 확실한 행복'이 내 삶
      의 모토이기도 하니까. 가장 나다운 느낌이 들어.

모두   발음부터 어려워!

      (2018년 트렌드 키워드로 '소확행'이 뽑힌 지금
      은······. 서점 이름을 소확행으로 짓는 것에 강경하게
      반대한 친구들에게 감사한다.)

개업 예정일은 하루하루 다가오는데 마음에 쏙 드는 서점 이름을 짓지 못했다. 전에 없던 방식으로 서점을 운영한다는 부담 때문이었다. 콘셉트가 드러나는 이름이 사람들의 관심을 끌기에는 좋겠지만 그랬다가 손님이 없을까 봐 걱정되는 한편, 운영하다가 잘 안되면 일반 서점으로 바꿀 수 있도록 콘셉트가 드러나는 이름은 피해야 할 것 같다는 생각이 들었다.

이 고민은 서점에 넣을 가구를 고를 때도 나를 괴롭혔다. 일대일 처방이라는 서점 특색에 맞는 맞춤 가구를 제작하기 위해 소규모 공방 '아이네 클라이네 퍼니처'를 찾아갔다. 이상록 대표님에게 서점 콘셉트와 필요한 가구를 설명한 뒤, 걱정스러운 마음에 나중에 일반 서점으로 바뀔 가능성이 있으니 다용도로 활용 가능한 디자인이면 좋겠다는 말을 덧붙였다. 그래도 불안감이 사라지지 않아 결국 무인 양품에서도 가구 상담을 받았다. 서점을 접게 되면 집에서 사용할 수 있다는 점 때문이었다. 나는 서점이 망할까 봐, 회사 밖에서 펼치는 나의 첫 도전이 실패로 끝날까 봐 너무 두려웠다. 이런 마음으로는 서점 이름도 가구도 어떤 것도 결정할 수 없었다.

"지혜 씨, 어차피 책을 처방하는 방식이 아니었으면

서점 안 하려고 했던 거 아니야? '일단 해 보고 안 되면 다른 거 해 볼까?' 이렇게 생각하면 뭘 해도 안 돼. 하고 싶었던 걸 해 봐야 실패하더라도 뭐가 잘못되었는지 알 수 있어요."

땡스북스 이기섭 대표님에게 걱정을 털어놓았다가 돌아온 대답에 정신이 번쩍 들었다. 이게 아니면 안 될 것 같아서 서점을 열기로 결심했는데 실패가 두려워 까맣게 잊고 있었다. 나는 뭐가 그렇게 두려웠을까? 서점 창업에 실패해서 잃는 게 뭐지? 위험 요소를 계산해 보니 창업 비용 몇백만 원이 다였다. 물론 적은 돈은 아니지만 내 인생을 망칠 만큼 큰돈도 아니었다. 책임져야 할 부양가족이 있는 것도 아니고 내 나이 이제 겨우 서른. 서점이 잘 안되면 다시 회사에 취업하면 될 일이었다. 그렇게 마음을 굳히고 다시 이름 짓는 일에 골몰했다.

네이밍 전문가 정신 님의 이름 짓기 수업을 들었다. 선생님은 좋아하는 책에 나오는 단어 중에서 마음에 드는 것들을 쭉 적은 다음, 그것들을 다양하게 조합해 보라는 과제를 내 주었다. 집으로 돌아와 책꽂이를 살펴보다가 『나의 사적인 도시』라는 제목에 시선이 멈췄다. 예전에 홈페이지 이름을 『아주 사적인 시간』이라는 일본 소설 제목으로

달았던 것도 생각났다. 준비 중인 서점은 오직 한 사람을 위해 시간과 공간을 제공하는 서점이고, 그곳에서 나는 개개인의 독서 차트를 관리하는 가이드 역할을 할 예정이었다. '사적'私的이라는 단어는 개인을 뜻하는 'personal'과 비공개라는 뜻의 'private' 두 가지 의미를 모두 가지고 있으니 이보다 더 적합한 단어가 있을까 싶었다. 서점보다는 책방이라는 단어를 더 좋아하지만 '사적인 책방'보다는 '사적인 서점'이 비슷한 초성이 반복되면서 안정감을 주었다. 사적인 서점. 마음에 꼭 드는 이름이었다.

가구 제작에도 박차를 가했다. 서점의 특색과 공간을 고려해 이상록 대표님이 제안한 디자인은 완벽했다. 서점 문을 열고 들어서면 정면에 가로로 긴 칸막이가 보인다. 책과 소품을 올려놓을 수 있는 칸막이는 서점의 쇼윈도 역할을 한다. '이번 달에는 어떤 이야기를 들려 줄까?' 대표님은 서점이 이런 궁금증을 일으키는 공간이었으면 해서 칸막이를 떠올렸다고 한다. 칸막이 너머에는 일체형으로 제작한 상담 탁자가 있다. 칸막이와 벽 사이의 탁자에 앉으면 맞은편에 앉은 상대방에게 더욱 집중할 수 있다. 일대일 대화를 위한 창구窓口를 떠올리며 대표님이 구상한 탁자다. 벽면에 설치한 책장은 높낮이 조절이 가능해 다양한 크기의 책뿐 아니라 소품도 함께 진열할 수 있다. 공간이 크지 않기 때문에 한 권 한 권의 책이 돋보이도록 진열하고 싶다는 나의 바람이 적용된 형태였다. 마음 같아서는 모든 가구를 아이네 클라이네 퍼니처에 의뢰하고 싶었지만 예산 문제로 서점의 특색을 드러내는 가구 두 가지만 제작하기로 했다. 칸막이와 일체형 상담 탁자 그리고 책장이 서점에 들어오자 묵직한 존재감이 느껴졌다.

사람들은 꿈꾸는 목표나 대상에 대해 직접 경험해 보지도 않은 상태에서 그것을 욕망한다. 진짜 형사로 산다는 것이 어떤 것인지 경험해 보지 않은 상태에서 텔레비전의 형사물을 보며 형사를 꿈꾸고, 사랑이 무엇인지 경험해 보지도 않고서 로맨틱한 사랑을 갈망하며, 결혼이 무엇인지도 모르면서 결혼을 한다. 그것은 마치 운전면허는커녕 단 한번도 운전대를 잡아 본 적도 없는 상태에서 고속도로를 달리는 것과 별로 다를 바 없지 않은가? 그렇지만 이것이야말로 우리 삶의 근본 조건이다. 이런 사정을 고려한다면, 우리가 내리는 선택과 결정에서 무수한 시행착오와 실패를 겪게 되는 것은 너무나 당연한지 모른다.

김운하, 「선택, 선택의 재발견」

생각해 보면 나는 편집자의 일을 경험해 보지 않은 상태에서 편집자로 첫 사회생활을 시작했고, 서점원이 어떤 일을 하는지 경험해 보지 않은 상태에서 서점원으로 전직을 선택했다. 처음부터 확신을 가지고 시작한 일은 없었다. 그렇게 생각하면 전에 없던 방식의 서점을 운영하는 일도 크게 다르지 않았다. 성공이 보장된 완벽한 선택은 없다. 시행착오를 겪지 않거나 실패를 하지 않고 사는 방법도 없다. 그렇다면 미리 걱정하고 몸을 사리기보다 내가 가장 하고 싶은 일을 하자. 어떤 결과가 나오더라도 내가 받아들일 수 있는 선택을 하자. 그렇게 나는 내가 만든 가능성을 믿고 나아가는 방법을 배웠다.

서점을 준비하면서 가장 오래 고민했던 두 가지가
이름과 가구였다. 서점 이름을 참 잘 지었다고,
가구가 주는 힘이 참 좋다는 말을 들을 때마다
어깨가 으쓱한다.

결핍의 다른 이름

+

        한 사람을 위한 책을 처방하는 서점. 전에 없던 특이한 운영 방식 덕분에 서점을 열자마자 몇몇 매체와 인터뷰를 하게 되었는데, 사적인서점이 소개된 기사에는 언제나 이런 댓글이 달렸다.

"얼마나 책을 많이 읽으면 사람들에게 책 골라 주는 일을 직업으로 삼을 수 있을까?"

"어떻게 다양한 분야의 책을 다 읽을까?"

그 점에서 나는 항상 자신이 없었다. 책을 늘 곁에 두기는 했지만 다독가라고 자부할 만큼 많이 읽은 것도 아니었고, 책 좀 좋아하는 사람이라면 당연히 읽었을 법한 책을 모두 읽은 것도 아니었다. 특히 고전문학, 시, 사회과학 분야의 책에 대해서는 아는 것이 별로 없었다. "네가 뭔데 책을 골라 줘?" 왠지 사람들이 그렇게 수군거리는 것 같았다.

애서가들이 쓴 독서 에세이를 읽으면 하나같이 어린 시절에 세계 명작 동화를 통해 책 세계로 빠지게 된 이야기가 나온다. 나의 독서 출발점은 학습 만화였다. 초등학교에 입학할 무렵, 부모님은 금성출판사에서 나온 학습 만화 전집을 사 주셨다. 만화책이다 보니 술술 읽혔다. 밥 먹을 때도 화장실 갈 때도 내내 책을 끼고 살았다. 2학년이 된 어느 날 교내 독후감 대회에서 최우수상을 받았다. 처음으로 받은 상이었다. 상장을 코팅해 벽에 붙이고 큰딸 자랑에 신이 난 부모님의 모습을 보니 어깨가 으쓱했다. "가족 중에 글을 잘 쓰는 사람이 있는 것도 아니고 따로 글짓기 공부를 시킨 것도 아닌데 우리 지혜는 어쩜 이렇게 글을 잘 쓸까?" 엄마가 혼잣말처럼 하는 말을 듣고 생각해 보았다. 내가 찾은 해답은 학습 만화 시리즈의 1권이 『국어의 세계』, 2권이 『글짓기 교실』이라는 것이었다. 수십 권의 책 중에서 유독 그 두 권에 손때가 많이 묻어 있었고, 책 앞부분의 대사를 거의 다 외울 정도였다. 누군가에게 인정받은 경험이 나를 책의 세계로 이끌었다.

책과 가까워진 계기가 학습 만화여서 그랬을까. 중고

등학교 내내 도서관에서 살았지만 이상하게 고전이라 불리는 책들은 접하지 못했고, 대신 당시에 관심을 가지고 있던 주제에 관한 책을 주로 읽었다. 일본 문화에 관심이 많았던 중학교 시절에는 일본 소설에 푹 빠져 지냈고, 고등학교 다닐 적에는 좋아하는 인물이 쓴 에세이나 자기 계발서를 즐겨 읽었다. 그런 탓에 편집자가 된 후로는 늘 '깊이에의 강요'에 시달렸다. 고전을 읽지 않았다는 건 책 만드는 사람으로서 자격 미달을 뜻하는 것 같았다. 나는 쉬운 책, 가벼운 책만을 좋아하는 게 아닐까. 서점을 열 때도 이 부분이 가장 마음에 걸렸다.

사적인서점은 책 처방 프로그램을 중심으로 운영하기 때문에 다른 서점에 비해 서가 규모가 작다. 그러다 보니 서가에서 나의 독서 취향이 여실히 드러났다. 민낯을 드러내 보이는 느낌이었다. 서점에 온 손님들이 서가를 둘러보고 '뭐야, 고작 이런 책을 읽으면서 책을 골라 준다고 하는 거야?' 하고 생각할까 봐 무서웠다. 나보다 학식 높은 손님, 독서량이 방대한 손님이 오면 주눅이 들었다. 서점 운영 초기에는 서가 사이사이에 어렵고 두꺼운 책을 슬그머니 끼워 진열하기도 했다. 깊이에 대한 고민으로 작아져 가는 나를 지켜보던 지인이 말했다. "지혜야, 독서는 수준의 문제가 아니라 취향의 문제야."

책을 읽는다고 유능하거나 훌륭한 사람이 되지는 못한다.
모두 자기만큼의 사람이 될 뿐이다.

이현주, 「읽는 삶, 만드는 삶」

깊이 있는 책을 읽는다고 해서 모두 유능하거나 훌륭한 사람인 건 아니다. 그동안 읽었다는 책 제목만 봐도 입이 쩍 벌어지는 어떤 손님은 나와 대화를 시작하자마자 자신이 읽는 책이 얼마나 심오한지, 요즘 젊은 친구들이 읽는 책이 얼마나 형편없는지 자신을 과시하며 남을 깎아내렸다. 책을 읽을수록 세계가 더 넓고 유연해져야 하는데 자기 확신에 사로잡힌 손님을 보면서 안타깝다는 생각이 들었다.

책 처방 프로그램을 진행하면서 손님에게 인생에서 가장 좋아하는 책과 실망스러웠던 책을 물어본다. 아이러니하게도 서로 다른 두 질문에 공통으로 이름을 올린 책이 있다. 『데미안』과 『스물아홉 생일, 1년 후 죽기로 결심했다』이다. 『데미안』은 여전히 많은 사람이 명작으로 꼽는 책이지만 아무리 읽어도 무슨 내용인지 이해하기 힘들어 실망스러웠다고 대답하는 이 역시 적지 않았다. 『스물아홉 생일, 1년 후 죽기로 결심했다』는 절망적인 상황에서 스스로 1년의 시한부 인생을 선고하고 삶을 바꾼 저자의 자전적 이야기다. 자기 계발서 같은 내용이라 싫어한다고 얘기하는 손님이 많았는데, 인생에서 가장 좋아하는 책 세 권에 이 책을 쓴 손님이 있어 그 이유를 물어보았다. 손님은 우울증으로 힘들어하던 동생이 이 책을 읽고 많이 바뀌었다고 하면서 자신도 그 모습을 보고 용기를 얻었다고 대답했다. 누군가에게는 인생 최악의 책이 누군가에게는 인생 최고의 책으로 꼽히기도 하고, 누군가에게는 의미 있는 책이 누군가에게는 다시 읽고 싶지 않은 책으로 꼽히는 장면을 자주 목격하면서 나는 이 세상에 절대적으로 좋은 책, 나쁜 책은 없다는 걸 배웠다. 나에게 맞는 책, 맞지 않는 책만 존재할 뿐이었다.

깊이에 대한 결핍을 억지로 채우려고 애쓰지 않고 내 안에 있는 것들을 들여다보았다. 책에 대한 해박한 지식은 부족할지 몰라도 나에게는 타인의 이야기에 진심으로 귀 기울이고 소통하는 능력이 있다. 나는 사적인서점의 강점이 탁월한 큐레이션에 있다고 생각하지 않는다. 사적인서점의 영업 비밀은 공감과 소통. '이 사람이 진심으로 고른 책이니까 어떤 책이 와도 괜찮을 거야, 읽어 보고 싶어' 하는 열린 마음으로 기다리는 손님들이 있기 때문에 지금까지 단 한 번의 불만도 없었다고 믿는다. 나보다 책에 대해 더 잘 아는 사람은 많겠지만 나처럼 처음 만난 누구와도 편하게 이야기 나누고 진심으로 듣고 필요한 책을 전할 수 있는 사람은 없을 거라는 믿음. 이건 나니까 할 수 있는 일이라는 자부심. 단점을 뒤집으니 나만의 장점이 되었다. 결핍은 매력의 다른 이름이었다.

결핍은 결점이 아니다. 가능성이다. 그렇게 생각하면 세계는 불완전한 그대로, 불완전하기 때문에 풍요롭다고 여기게 된다.

고레에다 히로카즈, 『걷는 듯 천천히』

나에게 가장 큰 영향을 준 책이 무엇이냐고
묻는다면 망설임 없이 금성출판사에서 나온 학습
만화 두 권이라고 말할 것이다. 제목만 들어도
누구나 다 아는 명작은 아니지만 지금의 나를 있게
해 준 고마운 책들이니까.

사적인서점은 서점인가요, 상담소인가요?

+

　　　　　　사적인서점을 찾는 손님은 크
게 두 부류로 나뉜다. 책을 추천받고 싶은 손님, 고민 상담
이 필요한 손님.

　전자는 이제 막 책의 재미에 빠진, 책과 가까워지고 싶
은 분이다. 베스트셀러 대신 나에게 꼭 맞는 책을 읽고 싶
은데 어떻게 골라야 할지 막막해서 신청하는 경우. 종종 자
칭 타칭 다독가, 애서가로 불리는 분도 책을 추천받으러
온다(사적인서점의 단골손님 중에는 ㄱ 서점과 ㅇ 서점 직
원이 있다!). 그 정도 독서량이면 자신의 독서 취향을 정확
히 파악하고 있을 텐데 왜 굳이 사적인서점을 찾는 건지 궁
금해서 손님에게 직접 물어보았다. 늘 비슷한 방식으로 책

을 고르다 보니 독서의 폭이 좁아지는 것 같다고, 믿을 수 있는 사람이 골라 주는 다른 분야의 책을 읽고 싶어서 신청했다는 답변을 들었다. 주변에 책을 읽고 대화를 나눌 사람이 많지 않아서 이곳을 찾는다는 분도 있었다.

후자는 책보다 고민 상담이 목적인 경우다. 주변 사람에게 속마음을 털어놓기엔 어쩐지 신경이 쓰인다. 그렇다고 사소한 고민으로 전문 상담소를 찾자니 그것도 부담스럽다. 그럴 때 사람들은 '적당한 타인'이 되어 줄 존재를 찾아 사적인서점으로 온다. 답답한 마음에 사주나 타로카드를 보러 가는 것과 비슷한 맥락이랄까. 사실 책을 추천받고 싶어서 오는 손님도 이야기를 나누다 보면 결국엔 대화가 현재 처한 상황이나 고민으로 자연스럽게 이어지는 경우가 많다. 그렇다면 사적인서점은 서점일까, 상담소일까?

처음엔 나도 혼란스러웠다. 서점 운영에 '일대일 대화' 방식을 적용한 건 사람들에게 책의 재미를 직접 전하고 싶어서였는데, 손님들은 책보다 자신의 고민을 털어놓는 데 중점을 두는 것 같았다. 그 무렵 서점으로 한 통의 편지가 도착했다. 울산에서 서울까지 비행기를 타고 고민 상담을 하러 왔던 이십 대 초반의 손님이 보낸 편지였다.

친구 관계 때문에 힘들어하던 손님에게 골라 준 책은

『나는 아주, 예쁘게 웃었다』라는 여행 에세이였다. 이 책을 쓰고 그린 봉현은 손님과 비슷한 나이에 여행길에 오른다. 지긋지긋한 현실이 싫어 도망치듯 떠났지만 낯선 곳으로 왔다고 해서 달라지는 건 없었다. 영어가 서툴렀기에 누구와 이야기를 나누지도 못했고 돈이 부족했기에 밖에 나가서 무언가를 할 수도 없었으며, 이미 모든 것을 정리하고 떠나왔기에 다시 돌아갈 수도 없었다. 남은 선택지는 어떻게든 견뎌 내는 것뿐. 봉현은 스스로 바뀌지 않으면 아무것도 달라지지 않는다는 것을 깨닫고 자기 자신을 찾기 위한 긴 여행을 떠난다. 이 책은 그가 유럽을 시작으로 중동을 거쳐 인도에 머물렀던 2년 동안의 기록이다. 타인과 겪는 문제를 풀 수 있는 뾰족한 해결책이 담긴 책은 아니지만 이 책을 통해 스스로 자신의 마음을 들여다보는 시간이 많아졌으면 좋겠다고, 그래서 책을 덮을 때쯤엔 아주 예쁘게 웃고 있는 자신을 발견했으면 좋겠다는 그런 마음을 담아 책과 함께 보낸 편지에 답장이 온 것이다.

  이 책을 읽으며 제 삶이 변화하기 시작했어요. 친구와의 끊이지 않는 트러블에 용기 있게 먼저 대화를 시도하고 문제의 타협점을 찾게 되었어요. 그리고 여행을 통해 뭔

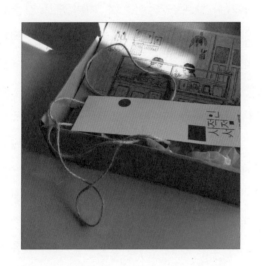

가가 달라진다거나 바뀔 거라고 기대하지 않지만, 온전한 나를 만나기 위해 혼자 여행을 떠나기로 결심했어요. 전부터 산티아고에 가고 싶다는 생각을 했는데 책을 덮고 나니 이제는 안 가고는 못 배길 것 같아 내년 4월 여행을 준비하고 있어요. 첫 해외여행인데 잘 다녀올 수 있겠죠? 제가 그날 사적인서점에 가지 않고 언니를 만나지 않았더라면 이렇게 제가 원하는 인생의 변화를 느낄 수 있었을까요. 언니의 책 처방 덕분에 구름에 가려진 제 진심을 발견하게 되어서 감사하고 행복해요.

"이 책을 읽으며 제 삶이 변화하기 시작했어요"라는 문장에 마음이 뭉클했다. 내가 전한 한 권의 책이 누군가의 인생에 씨앗이 되는 기쁨. 방식은 달라도 편집자로 일하면서 느낀 보람과 같은 것이었다. 그 뒤로도 계속해서 편지로 문자로 메일로 손님들의 답장이 이어졌다.

미국에서 유학 중이던 또 다른 이십 대 초반의 손님은 좋아하는 일을 찾았는데 주변의 반대가 심해서 어떻게 해야 할지 모르겠다며 사적인서점을 찾아왔다. 고민 끝에 평범한 직장인이었던 서귤이 독립 출판으로 첫 책을 내기까지의 과정을 담은 네 컷 만화책 『책 낸 자』를 보냈다. 때론 편하게 쉬고 싶은 마음과 싸우고, 때론 자신감을 잃고 헤매고, 때론 주변 사람의 시선과 평가에 주눅 들기도 하지만 서귤은 자신만의 방식으로 한 권의 책을 완성한다. 책을 냈다고 해서 서귤의 삶이 크게 달라지지는 않았다. 다만 두 번째 책을 낼 수 있게 되었을 뿐이다. 성공 여부와 상관없이 자기 안에서 변화를 이끌어 내는 사람의 이야기를 전해 주고 싶어서 고른 책이었다. 다행히 내 마음이 잘 전해졌는지 손님은 얼마 뒤 장문의 독후감을 보내왔다. 공부 목적 외에는 책을 읽어 본 적이 없다던 손님이라 더욱 뿌듯했다.

손재주가 많아 이것저것 만들면서 지내고는 있지만 창업할 용기도 회사로 돌아갈 자신도 없다며 근심을 토로한 사십 대 프리랜서 디자이너 손님에게는 취업과 창업 사이에 생업이라는 선택지도 있음을 알려 주는 『작고 소박한 나만의 생업 만들기』를 처방했다. 손님은 평소 자신의 취향대로라면 읽지 못했을 책인데 많은 도움이 되었다며 직접 만든 달력과 함께 감사 편지를 보내 주었다.

보통 책을 읽지 않는 사람에게 책의 매력을 아무리 설명해도 책에 흥미를 갖는 일은 일어나지 않습니다. '책이 있어 읽어 보니 재미있었다'라는 체험을 한 적이 없다면 책

의 세계에 깊게 발을 들일 수 없을 것입니다. 책방의 역할
은 그 '최초의 한 권'과의 만남을 좀 더 매력적으로 연출하
는 것입니다.

기타다 히로미쓰, 『앞으로의 책방』

사적인서점의 정체성에 대해 고민하던 때가 있었다.
장서량이 많지도 않고 매일 문을 열고 책을 판매하는 곳도
아니다. 일주일에 하루, 토요일을 예약 없이 누구나 방문
가능한 오픈데이로 정했던 건 적어도 서점다운 구석이 하
나는 있어야 할 것 같아서였다. 스스로도 혼란스러웠던 만
큼 다른 사람들이 '사적인서점이 무슨 서점이야' 하고 생
각할까 봐 불안했다. 하지만 이런 경험이 차곡차곡 쌓여 가
면서 언제부터인지 모르게 이곳이 서점인지 상담소인지
는 크게 중요하지 않다는 생각을 하게 되었다. 사적인서점
에서는 한 권의 책을 전하지만 그 한 권이 수십 수백 권의
책과 비교할 수 없다는 걸, 한 권의 책이라도 제대로 전하
는 게 중요하다는 걸 손님들이 나에게 가르쳐 주었기 때문
이다.

우리는 즐거움을 위해 책을 읽어야 해요

+

학교 다닐 적에 책을 좋아하는 나를 두고 "지혜는 문학소녀잖아" 하고 얘기하는 친구들이 있었다. '문학소녀' 혹은 '책벌레' 안에는 어쩐지 똑똑하지만 재미없는 사람이라는 의미가 담겨 있는 것 같아 나는 그 별명이 달갑지 않았다. 사람들이 점점 책을 읽지 않는 데에는 여러 이유가 있겠지만 책 읽는 행위가 그다지 매력적으로 보이지 않는다는 점도 영향을 끼치지 않았을까? 책 읽는 모습이 근사해 보여야 다른 이들도 따라 읽고 싶어질 테니까.

땡스북스에서 일하며 책을 다루는 세련된 태도를 배웠다. "좋아하는 책을 읽는 기쁨도 크지만, 좋아하는 책을 편안한 공간에서 고르는 기쁨도 큽니다"라는 슬로건이 말해 주듯 땡스북스에서는 책을 엄격히 관리하는 것만큼 음악 선정이나 홍보물 디자인 등 책을 둘러싼 환경을 매력적으로 연출하는 일에 시간과 품을 들인다. 땡스북스는 '세련된 취향으로서의 독서'를 오감으로 느끼게 해 주는 공간인 것이다. 이곳에서 책을 고르고 있노라면 손님들은 자신이 근사한 취향을 가진 사람이 된 듯한 기분을 만끽할 수 있다. 콘텐츠만큼이나 이를 보여 주고 전달하는 방식이 중요하다는 걸 배웠기에 사적인서점에서도 그러한 태도를 잃고 싶지 않았다. 고민 끝에 나온 것이 '우리는 즐거움을 위해 책을 읽어야 해요'라는 독서 캠페인이었다.

> 난 의무적인 독서는 잘못된 거라고 생각해요. 의무적인 독서보다는 차라리 의무적인 사랑이나 의무적인 행복에 대해 얘기하는 게 나을 거예요. 우리는 즐거움을 위해 책을 읽어야 해요.
>
> 호르헤 루이스 보르헤스·윌리스 반스톤, 『보르헤스의 말』

즐거움을 위해 책을 읽어야 한다는 보르헤스의 말에 마음속에서 번개가 쳤다. 마침 서점에서 책을 사면 서비스로 제공하는 책싸개가 소진되어 가던 참이었다. "우리는 즐거움을 위해 책을 읽어야 해요." 주문을 외우듯 문장을 되새기며 임진아 작가와 사적인서점의 두 번째 책싸개를 만들었다. 임진아 작가는 카페에서 커피를 마시며 책을 읽거나 방바닥에 누워 편안하게 책을 읽는 모습, 책을 읽다가 깜빡 잠든 모습 등 책과 함께 생활하는 모습을 사랑스럽게 그렸고, 책 표지를 감싸는 부분에는 손글씨로 "우리는 즐거움을 위해 책을 읽어야 해요"라는 보르헤스의 말을 써넣었다. 책싸개가 갖고 싶어서 책을 사는 사람이 있다면 그것 또한 기쁠 것 같았다. 누군가는 '그게 뭐가 중요해, 책만 좋으면 됐지' 혹은 '서점은 책에 집중해야지'라고 말할지도 모르겠다. 하지만 아무리 좋은 책을 갖추고 손님을 기다려도 서점 바깥의 사람들이 서점 안으로 들어오는 일은 쉽게 일어나지 않는다.

한번은 사적인서점에서 일본의 개성 있는 서점을 쏘다니며 모은 책과 잡화를 전시하고 판매하는 행사를 열었다. 이름하여 '주섬주섬장'. 교토 여행 중에 번뜩 떠오른 생각이라 여행에서 돌아오자마자 허겁지겁 포스터를 만들어 하루 전날에야 공지를 올렸다. 그랬는데 이럴 수가! 행사 당일, 영업 시간 전부터 문 밖에서 손님들이 기다리고 있는 게 아닌가. 역대 최고로 많은 손님이 모여 역대 최고

임진아 작가와 함께한 '우리는 즐거움을 위해 책을
읽어야 해요' 독서 캠페인.

로 높은 매출을 기록했다.

행사가 잘된 것이 기쁘면서도 한편으로는 책이 아니라 잡화에 쏟아진 뜨거운 관심이 씁쓸했다. 그런데 영업 마감 후 정산을 해 보니 책도 평소보다 훨씬 많이 팔렸다. 한동안 방문이 뜸했던 손님도 서점에 처음 방문한 손님도 잡화를 사러 왔다가 마음에 드는 책을 발견해서 함께 산 경우가 많았다. 서점에 발걸음을 하지 않는 사람들에게 서점이 의외로 재미있는 곳임을 알리는 게 중요하다는 걸 주섬주섬장을 통해 깨달았다. 다른 목적을 가지고 서점에 왔다가 책을 좋아하게 될 수도 있으니 말이다. 그날 이후로 서점의 문턱을 낮추는 방법을 끊임없이 고민하고 있다.

일본 만화가 마스다 미리의 책을 원서로 읽으며 일본어를 배우는 수업 역시 같은 맥락에서 시작한 일이다. 마스다 미리의 팬이라면 매주 서점에 올 때마다 자연스레 다른 책들을 접할 수 있고, 마스다 미리를 몰랐다면 일본어 공부를 하면서 책의 매력에도 빠질 수 있다. 어느 쪽이든 책과 서점을 가까이할 수 있는 좋은 기회이다. 인테리어 애플리케이션 '집 꾸미기'에서 발행하는 매거진과 인터뷰를 한 것도 온라인 편집숍 '29CM'와 블라인드북 행사를 한 것도 모두 책이 없는 곳에서 책의 재미를 알리기 위한 노력이

일러스트레이터 애슝 님과 작업한 세 번째 책싸개.
세상의 많고 많은 서점 중에서 사적인서점을
찾아 준 분들에게 책을 사는 즐거움을 선물하려고
반년마다 새로운 디자인으로 책싸개를 만들고 있다.

었다.

> 사람들이 서점에 오지 않는다. 그래서 나는 책을 가지고
> 사람이 있는 곳을 찾아가는 일을 한다. 요즘처럼 인터넷
> 으로 검색만 하면 무엇이든 찾을 수 있는 세상에서 몰랐
> 던 책과 우연히 만나는 기회를 일상 속 여기저기에 흩뿌
> 리고 싶어서다.
>
> 하바 요시타카, 『책 따위 안 읽어도 좋지만』

한국과 일본의 서점 주인들이 모여 대담을 나누는 자리에서 도쿄 '카모메북스'의 야나시타 쿄헤이 대표는 이렇게 말했다. "세계에 백 명의 사람이 있다면 이 중에서 책을 좋아하는 사람은 열 명 정도일까요. 이 열 명에게 책을 판다고 생각하면 앞이 깜깜하지요. 하지만 뒤집어 생각하면 앞으로 아흔 명에게 책을 팔 수 있는 기회가 열려 있다는 의미도 돼요. 그렇게 생각하면 즐겁지 않나요?"

과연! 내 마음속에 또 한 번 번개가 쳤다. 나 역시 사람들이 책을 읽지 않는다고 불평하기보다는 '어떻게 하면 사람들에게 책의 재미를 전할 수 있을까?' 즐겁게 고민하는 쪽을 선택하고 싶다. 중심은 책이다. 하지만 그 안에 갇혀

있고 싶지 않다. 책과 연결되는 통로를 다양하게 열어 놓고 사람들이 자연스럽게 책과 친해질 수 있는 계기를 만드는 서점. 나는 그런 서점을 만들어 가고 싶다.

9개월간의 전력 질주

+

　　전에 없던 방식으로 서점을 운영하는 일에는 나름의 보험이 필요했다. 예약자가 한 명도 없는 최악의 사태를 대비해야 했으니까. 서점 영업 시작일은 10월 초, 비파크 계약 만료까지는 3개월이 남아 있었다. 일주일에 삼 일은 비파크로, 사 일은 사적인서점으로 출근하면서 서점이 자리 잡을 때까지 돈 걱정 덜하며 유예 시간을 갖기로 했다. 오래도록 품어 온 꿈을 이루었는데 그깟 휴일쯤이야.

　　2017년 1월, 비파크 일은 끝났지만 여전히 하루도 쉴 수 없었다. 여느 프리랜서나 자영업자가 그렇듯 내가 일하지 않으면 서점이 멈춘다는 걱정 때문이었다. 영업시간이

고정된 것도 아니어서 문의가 들어오면 아침이든 밤이든, 평일이든 주말이든, 언제든 대답할 수 있도록 24시간 대기하며 지냈다. 내 시간을 갖기 위해 선택한 예약제 방식이 오히려 발목을 잡는 꼴이었다. 회사에 다닐 땐 내가 맡은 일만 알아서 잘하면 됐는데 이젠 청소부터 정산, 세무 업무까지 모든 일을 혼자서 처리해야 했다. 할 일은 많은데 시간이 부족하니 달리 선택지가 없었다. 쉬는 날을 없앨 수밖에.

사적인서점을 열고 만 9개월이 지났을 때 만나는 사람마다 "요즘 서점 잘된다며", "주변에 사적인서점을 모르는 사람이 없던데"라고 말하며 나를 치켜세워 주었다. 책 처방 프로그램은 한 달 치 예약이 하루 만에 마감되었고, 여기저기서 사적인서점을 취재하고 싶다는 문의가 쏟아졌다. 처음으로 참가한 2017 서울국제도서전에서는 어마어마한 매출을 올렸다. 하지만 모두가 잘돼서 좋겠다고 입을 모아 말하던 이 시기가 아이러니하게도 내 인생에서 가장 힘든 시기였다.

새로운 일에서 느끼는 크고 작은 성취와 성장의 기쁨은 얼마 못 가 다음 달 월세와 홍보, 모객, 수익을 걱정하는 왜 이렇게 힘든 건지 곰곰 생각해 보았다. 우선 불안이 너무 컸다. 오늘은 장사가 잘됐어도 당장 내일 매출은 어떨지 한 치 앞을 알 수 없었다. 장사에는 변수가 많았다. 추위나 더위 같은 날씨부터 사회 이슈, 신간 입고에 따라 매출이 들쑥날쑥했다. 매일 다음 달 월세를 걱정하며 지냈다. 무리하고 있다는 걸 알면서도 불안에 잡아먹히지 않으려면 닥치는 대로 일할 수밖에 없었다. 일하는 시간은 회사 다닐 때보다 두세 배가 늘어났는데 버는 돈은 그때의 절반에도 미치지 못했다. 열심히 하면 뭐 하나, 사람들이 알아주는 서점이면 뭐 하나, 마음이 공허했다. 매달 약속된 월급이 통장으로 꼬박꼬박 들어오던 회사원 시절의 안정이 그리웠다.

서점을 시작하고 남편과 사이가 안 좋아진 것도 마음에 걸렸다. 사정이 이렇다 보니 시간을 내어 영화 한 편을 함께 보는 일도 쉽지 않았다. 매일 새벽 한두 시에 퇴근해

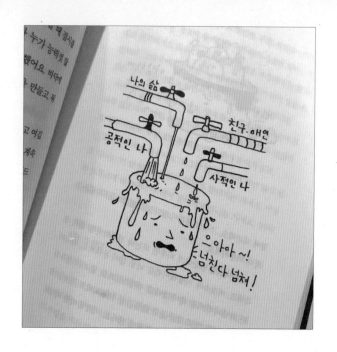

『그렇다면 정상입니다』를 읽다가 이 그림을
발견하고 한참을 바라보았다. 문제는 넘치는
물 때문이란걸, 수도꼭지를 잠가야 한다는 걸
누구보다 잘 알고 있으면서 혼자서는 잠글 수
없게 된 나와 마주한 것 같아서.

집에 들어가면 손가락 하나 까딱하기가 싫었다. 내가 미룬 집안일은 고스란히 남편 몫이 되었다. 참다못한 남편이 일주일에 하루 정도는 함께 시간을 보내야 하지 않겠느냐고 따지듯 물었다.

"나도 힘들어 죽겠어. 그런데 서점이 자리 잡을 때까지는 어쩔 수 없잖아."

"네가 좋아서 하는 일이잖아. 힘들면 하지 마."

쉬운 일이 아니란 걸 알면서 독립을 결심한 것도, 쉬는 날 없이 일한 것도 모두 나의 선택이었다. 미안한 마음과 서운한 마음이 뒤섞여 아무런 대꾸도 할 수 없었다.

서울국제도서전에 참가하면서 그간 쌓인 피로가 극에 달했다. 혼자 운영하는 서점이다 보니 교대할 사람이 없어서 5일 내내 10시간가량 서서 손님을 맞이해야 했다. 화장실 갈 틈도 없을 만큼 바빠서 밥도 제대로 챙겨 먹지 못했다. 도서전이 끝나면 서점으로 돌아와 매출 내역을 정리하고 다음 날 판매할 책 사오십 권을 챙겨 집으로 갔다. 많은 독자에게 사적인서점을 알리게 된 것도 기뻤고 책 판매가 잘된 것도 감사했지만 상황이 이러니 쉬고 싶다는 생각이 간절했다. 도서전을 끝낸 다음 날 출근길에 아빠의 전화를 받았다. 지난 5일 동안 얼마나 고생했는지 모른다고 아빠를 붙잡고 하소연을 했다. 돌아온 건 위로가 아니라 타박이었다.

"오 일 일해서 몇 달 치 월세를 벌었는데 뭐가 그렇게 힘들어."

"난 차라리 그 돈 안 벌고 안 힘든 게 낫겠다 싶어."

"어이구, 그러니까 안되는 거야. 정신 똑바로 차리고 살아."

전화를 끊고 길 한복판에 주저앉아 엉엉 울었다. "정신 똑바로 차리고 살아"는 자라는 동안 귀에 못이 박히도록 들어온 아빠의 말버릇이었다. 애정이 담긴 말인 걸 잘 알면서도 그 말에 숨이 막혔다. 지금도 이렇게 열심히 살고 있잖아. 얼마나 더 열심히 하라고? 그 뒤로는 길을 걷다가 서점에서 일을 하다가 눈물샘이 고장 난 듯 왈칵왈칵 눈물이 터져 나왔다.

독립해서 내 서점을 연 일을 후회한 적은 없다. 아니, 그래서는 안 됐다. 후회를 인정하는 순간 지금까지 내가 쏟아부은 시간과 노력이 물거품이 되어 버릴 것 같았다. 그런데 이젠 부정할 수가 없었다. 이럴 줄 알았으면 서점 하지 말걸. 땡스북스에서 서점원으로 일할 때가 훨씬 행복했다는 생각이 들었다. 한계에 다다랐다. 내가 좋아하는 일

을 나답게 즐겁게 지속 가능하게 하려고 선택한 독립이었
는데, 이젠 나답지도 즐겁지도 지속 가능해 보이지도 않았
다. 그렇다고 서점을 접는 게 정답도 아닌 것 같았다. 멈출
수도 없고 계속 나아갈 수도 없는 상황. 이제 어쩌지, 정말
모르겠다.

나에게도 처방이 간절했다.

그럼에도 불구하고

+

지인의 소개를 받아 심리 상담 소를 찾았다. 상담 첫날, 선생님은 내 이야기를 찬찬히 들으면서 "그동안 정말 힘들었겠어요" 하고 말해 주었다. 자신이 좋아서 하는 일이니까 힘들어도 참아야 한다고 다그치거나, 엄살 부리지 말고 더 열심히 해야 한다고 나무라지 않았다. 그것만으로도 얼마나 큰 위로가 되던지.

"분명 좋아서 시작한 일이었는데 왜 이렇게 지친 걸까요? 모른 척하고 계속해도 되는 건지, 아니면 다 그만두고 쉬어야 하는 건지, 뭐가 정답인지 모르겠어요."

"지혜 씨는 서점 꾸려 가는 일을 좋아하는 것도 맞고 잘하는 것도 맞아요. 다만 지금 그 일을 하고 있는 사람이 진짜 지혜 씨가 아닐 뿐이죠."

"진짜 제가 아니라고요?"

"게으름 피우고 싶고 무례한 손님에게 화내고 싶은 지혜 씨는 저 구석에 숨어 울고 있는데, 친절하고 다정하고 일 잘하는 사람으로 보이고 싶어 하는 지혜 씨의 존재만 커져 가고 있잖아요. 지금 그 간극이 너무 커져서 지혜 씨가 힘든 거예요. 지혜 씨 안의 못난 모습, 부족한 모습도 인정하고 사랑해 주세요."

"도대체 어떻게요?"

선생님은 가만히 눈을 감고 지난 9개월 동안의 내 모습을 떠올려 보라고 했다. 어둠 속에서 서점 안을 분주히 오가며 일하는 내가 보였다.

"오른손을 들어 가슴에 올려 보세요. 그리고 위아래로 쓰다듬어 주면서 지난 9개월 동안의 지혜 씨에게 말을 걸어 보세요. 뭐라고 말해 주고 싶어요?"

댐이 무너지듯 가슴속에 꾹 갇혀 있던 어떤 감정이 쏟아졌다.

"지혜야, 지금도 충분히 잘하고 있어. 난 네가 정말 자랑스러워. 이렇게 말해 주고 싶어요."

그때 깨달았다. 나에게 필요한 건 스스로의 인정과 위

로였음을. 네가 선택한 일이니까 힘들면 하지 말라고 말한 남편의 냉정한 조언도 속상했고, 정신 똑바로 차리고 살라던 아빠의 잔소리도 서운했지만, 나를 가장 힘들게 한 건 다름 아닌 나 자신이었다. 좋은 결과가 나왔을 때만 스스로를 칭찬하고 인정하면서 나도 모르게 자신을 몰아세우고 있었다. 그 뒤로도 선생님과 몇 번 더 만나면서 지쳐 있던 나를 다독여 주고 있는 그대로의 나를 받아들이는 법과 스트레스 조절하는 법 등을 배웠다.

나를 위한 첫 번째 처방은 운영 규칙을 만들어 일과 삶을 분리하는 것이었다. 영업시간이 불규칙하다는 이유로 나는 시도 때도 없이 휴대전화를 확인했고 사적인 시간에 손님의 연락이 오면 짜증부터 냈다. 아무 때나 들어와도 된다고 대문을 활짝 열어 놓고서 너무 이른 아침이나 늦은 밤에 문을 두드렸다는 이유만으로 예의 없다고 화를 낸 것이나 다름없었다. 사적인 시간을 방해받고 싶지 않다면 대문을 걸어 잠그면 될 일이었다. 영업시간을 오후 1시부터 8시까지로 정하고 그 시간 안에 온 연락만 확인하기로 했다. 오후 1시가 되면 마음속으로 대문을 열었고 8시 이후로 들어오는 문의는 확인하지 않고 다음 날 오후 1시 이후에 처리했다. 이렇게 대문을 열었다 닫았다 하면서 마음을 다스리는 것만으로도 스트레스가 줄었다.

　두 번째 처방은 결과보다 과정에 집중하는 것이었다. 한 사람을 위한 책을 처방하는 데는 최소 다섯 시간 정도가 걸린다. 일대일로 대화를 나누는 한 시간, 처방할 책을 읽고 고르는 데 필요한 서너 시간, 편지를 쓰는 한 시간. 그러나 당시에는 오백 자 분량의 편지를 쓰는 데만 서너 시간이 걸렸다. 손님을 만족시켜야 한다는 압박감 때문이었다.

　"지혜 씨, 백 퍼센트 만족은 신의 영역이에요. 왜 타인의 마음까지 지혜 씨가 통제하려고 해요?"

　선생님의 말에 쾅 하고 머리를 한 대 얻어맞은 듯한 기분이 들었다. 그동안 손님의 평가에 전전긍긍하고 있었다. 만족스러운 반응이 오지 않거나 재방문으로 이어지지 않으면 더 좋은 책을 고르지 못한 나를 책망했다. 처방한 책에 대한 반응은 손님 몫이라는 걸 받아들이자 마음이 한결 편해졌다. 단 한 권이라도 성의 없게 고른 책은 없었다. 그것으로 충분했다. 내가 할 수 있는 최선을 다하고 그다음은 손님에게 넘기는 것으로 마음을 고쳐먹자 편지 쓰는 시간은 자연스레 서너 시간에서 한 시간 안팎으로 줄어들었다.

　세 번째 처방은 상황의 변화를 받아들이는 것이었다. 선생님은 업무량이 늘어났으니 직원을 뽑을 생각은 없느냐고 물었다. 운영 초기부터 자주 받은 질문이었다. 그때마다 사적인서점은 내가 좋아하는 일을 나답게 즐겁게 지속 가능하게 하려고 시작한 일이므로 앞으로도 쭉 혼자 할 생각이라고 단호하게 선을 그었다. 선생님은 상황이 달라졌는데도 예전 방식을 고집하는 게 옳은 일이냐고 되물었다. 사실 두 달 치 예약이 하루 만에 마감될 정도로 책 처방 프로그램을 이용하고 싶어 하는 사람은 점점 늘어나는데 혼자서 그 많은 예약을 전부 소화하기는 버거웠다. 손님을 몇 달 동안 기다리게 하는 것도 신경 쓰였다. 그즈음 내가 가장 믿고 의지하는 동료가 퇴사하고 쉬고 있다기에 함께 일해 보기로 했다. 새로운 책 처방사의 합류 이후 나에게 처음으로 휴무일이 생겼다. 책 처방 프로그램은 책 처방사의 성격, 가치관, 독서 취향에 따라 제각각 다르게 진행되기 때문에 어느 책 처방사를 선택하느냐에 따라 다양한 책 처방을 받을 수 있어 손님들의 반응도 좋았다. 무엇보다 새로운 책 처방사의 합류는 그동안 혼자서 하느라 당연하게 여겼던 일을 다른 시각으로 바라볼 수 있도록 환기시켜 주었다.

돌이켜 보면 나는 좋아하는 일에 환상을 품고 있었다. 좋아하는 일도 지겨워질 수 있고 좋아하는 일도 하기 싫을 때가 있음을 받아들인 지금, 나는 안다. 절대적으로 즐겁고 보람 있으면서 돈까지 잘 버는 일, 그런 일은 어디에도 없다는 것을. 회사원으로 일하는 것에도 자신만의 가게를 꾸려 가는 것에도 각자의 장단점이 있다는 것을. 반짝이는 빛 뒤에 드리운 그림자를 이제 나는 안다.

월말이면 꼬박꼬박 월급이 통장에 들어오던 그때의 안정감이 그립다. 주 오 일을 일하면 이틀은 무조건 쉬던 그때의 여유가 그립다. 그럼에도 불구하고 서점을 그만두고 싶지는 않다. 안정된 미래보다 일과 삶의 균형보다 소중한 것을 배우고 있다고 믿기 때문이다. 서점을 꾸려 가는 일은 생각보다 훨씬 고되고 막막한 일이다. 물론 생각보다 훨씬 보람차고 즐거운 일도 많다. 겪을 땐 죽을 것 같았는데 지나고 보니 선물처럼 느껴지는 일도 있다. 직접 서점을 열고 몸으로 경험하지 않았다면 영영 알지 못했을 것들이 하나둘 마음을 채워 간다.

우린 '그럼에도 불구하고'의 삶을 살아야 한다. 원하는 것을 얻기 위해 모험을 떠나고 투쟁을 해도 우린 끝끝내 그것을 성취하지 못한다. 하지만 그럼에도 불구하고 그것에 다다르기 위한 여정을 통해 삶의 이유를 깨닫는다. 그렇기 때문에 소설은 존재해야 하고 예술은 존재해야 하고 나 또한 존재해야 한다. 실패 없는 세계는 없고 실수 없는 세계는 더더욱 없다.

요조, 「오늘도, 무사」

꼭 필요한 포기

+

"너의 가능성은 무한한 동시에 유한하다." 자신의 가능성을 최대화하기 위해서는 자신의 가능성에 한계가 있다는 사실을 알아야 합니다. 자신의 가능성을 키우기 위해서는 자신의 가능성을 소중히 아껴야 합니다.

우치다 타츠루, 『힘만 조금 뺐을 뿐인데』

몸과 마음이 모두 소진된 이후 일 다이어트가 시급해졌다. 나를 지키기 위해서 그리고 서점의 지속 가능성을 위해서 더 이상 무리하지 않기로 했다. 지금까지 이 일 저 일 가리지 않고 시도하며 경험을 쌓았다면 이제부터는 경험에서 배운 것을 토대로 우선순위를 정하고 일을 줄여야 했다. 열심히 일할 줄만 알았지 들어오는 일을 거절하고 정리하는 일은 마음처럼 쉽지 않았다.

사적인서점이 알려지기 시작하면서 여러 매체에서 취재 요청이 왔다. 서점 홍보는 반가운 일이었다. 기자 혹은 에디터의 시선으로 서점을 관찰한 글을 통해 내가 미처 살피지 못한 부분을 보완하고, 질문에 대답하며 생각을 가다듬을 수 있어 좋았다. 하지만 모든 취재가 그런 건 아니었다. 사적인서점에 대한 최소한의 정보조차 알아보지 않고 오거나 그저 서점의 이미지만 소비하고 싶어 하는 곳도 많았다. 그렇다고는 해도 취재 요청을 거절하긴 힘들었다.

하루는 땡스북스 이기섭 대표님을 만나 고민을 털어놓았다. 대표님의 처방은 간단했다. "지혜 씨, 까탈스러울 필요는 없지만 엄격할 필요는 있어. 이건 지혜 씨 이름을 걸고 하는 일이잖아." 나는 까탈과 엄격을 혼동하고 있었다. 내 기준에 맞지 않는 취재 요청을 거절하는 일은 무례가 아니라 서점을 엄격하게 관리하는 일이었다. 취재뿐 아니라 행사, 협업, 기고, 강연 등 여러 요청에 대한 나만의 기준을 세우고 그에 맞지 않는 요청은 정중히 거절했다. 요청을 거절하면 더 이상 제안이 들어오지 않거나 좋지 않은 소문이 나는 등 큰일이 날 줄 알았는데 아무 일도 일어나지

않았다. 오히려 사적인서점의 운영 규칙을 존중하고 지지
해 주어서 큰 힘이 됐다.

> 어떤 제안에 대해 안 해야 할 이유를 찾다 보면 결국 손해
> 만 아니면 하게 된다. 당장 내 돈을 까먹는 게 아니면, 어
> 차피 남는 시간 좀 쓴다고 내 스케줄이 꼬일 게 아니라면,
> 안 할 이유가 없다고 생각하게 된다. 하지만 할 이유를 찾
> 는 건 다르다. 나의 노력에 대한 확실한 보상이 있는가?
> 그 보상은 무엇인가? 그것은 분명 나에게 도움이 되는 보
> 상인가? 이런 질문을 통해서만 해야 할 일인지 아닌지가
> 드러난다. 조금 더 간단히 설명하자면, 안 해도 될 이유를
> 찾으면 안 해도 될 일을 제외한 모든 일을 하게 되고, 해야
> 할 이유를 찾으면 해야 할 일만 하게 된다.
>
> 위근우, 『젊은 만화가에게 묻다』

우선순위를 정리해 가던 중에 젊은 만화가 인터뷰집
에서 만화가 김정연이 일을 선택하는 기준을 보고 무릎을
쳤다. 지금까지 나는 하지 않아도 될 일을 제외한 모든 일
을 하고 있었다. 하지 않을 이유가 아닌 할 이유를 기준으
로 내가 하는 일을 고민하다 보니 생각지도 못한 토요일 오

픈데이가 마음에 걸렸다. 사적인서점은 예약제 서점이지만 책 처방 프로그램을 이용하지 않고도 서점에 방문하고 싶은 분을 위해 매주 토요일을 누구나 방문 가능한 오픈데이로 운영한다. 애초에 '책이 없는 서점'을 생각하며 만든 곳이고, 책 처방 프로그램은 책 재고를 보유하지 않고도 운영할 수 있지만 오픈데이를 만든 데에는 크게 세 가지 이유가 있다. 첫째, 생소한 운영 방식 때문에 손님이 오지 않을 것을 대비한 안전장치를 두고 싶었다. 또한 예약제와 유료 프로그램이라는 허들 없이 사적인서점을 이용할 수 있도록 접근성을 높이고 싶기도 했다. 둘째, 서점의 정체성에 대한 부담 때문이었다. 사람들이 책이 없는 서점은 서점이 아니라고 여길까 봐 두려웠다. 삼백여 권의 책을 들여 서점다운 최소한의 장치를 만들었다. 마지막으로, 내가 책 파는 일을 좋아했다. 지속 가능성을 생각하며 예약제 방식을 선택했지만 나는 열린 공간에서 사람을 만나고 책을 소개하는 일 자체를 즐기는 사람이다.

책 처방도 다양한 손님을 만나는 일도 놓치고 싶지 않았다. 서점을 열고 한동안은 매주 진열 도서를 바꾸고 매달 전시를 기획했지만 점점 그 횟수가 줄어들었다. 내가 쓸 수 있는 시간과 체력에는 한계가 있는데 두 가지를 똑같이 챙기려니 힘에 부쳤다. 무엇보다 들쑥날쑥한 토요일 영업 성적이 신경 쓰였다. 사적인서점은 방 한 칸 크기의 공간을 서점으로 사용하고 있어서 책 처방 프로그램을 진행하는 동안에는 다른 손님을 받을 수 없다. 4층에 자리 잡고 간판 하나 달지 않은 것도 상담 예약 손님에게 온전히 집중하고 싶다는 이유에서였다. 그런데 오픈데이만 되면 마음이 오락가락했다. 서점이 1층에 있었다면 더 많은 손님이 왔을 텐데……. 이 공간에서는 폐쇄성이 필요한 책 처방 프로그램과 개방성이 필요한 책 판매라는 두 가지 일을 병행하는 것 자체가 무리였다. 둘 중 하나는 내려놓아야만 했다.

　　토요일 오픈데이를 운영해야 할 이유는 뭘까? 책 처방 프로그램은 완전히 자리를 잡았고 더 이상 안전장치 목적으로 오픈데이를 유지할 필요가 없었다. 사적인서점을 운영하면서 내가 생각하는 서점의 정의는 '책을 파는 장소'에서 '책과 사람의 만남을 만드는 장소'로 바뀌었다. 오픈데이가 있든 없든 사적인서점은 서점다운 서점이라고 자신 있게 말할 수 있었다. 서점의 정체성을 고집하기 위해 오픈데이를 운영할 이유도 사라졌다. 남은 건 하나, 열린 공간에서 다양한 손님을 만나고 싶다는 나의 욕심뿐이었다. '나의 노력에 대한 확실한 보상이 있어?', '그 보상은 뭐야?',

오픈데이를 운영하는 동안 매주 금요일마다
조마조마한 마음으로 잠이 들었다. 내일 서점에
아무도 안 오면 어떡하지? 날씨가 좋으면 좋은 대로
손님들이 놀러 나가 버릴까 봐, 날씨가 궂으면
궂은 대로 외출을 안 할까 봐 노심초사했다.
기대보다 손님이 적어 맘 졸인 날은 있어도 손님이
없어 속상한 날은 다행히 없었다. 일주일에 겨우
하루 문을 열고, 제대로 된 간판도 없어 까딱하면
헤매기 쉬운 이곳에 일부러 시간을 내어 찾아와 준
손님들에게 감사의 마음을 전하고 싶다.

'나에게 도움이 되는 보상이야?' 만화가 김정연의 질문을 내 상황에 대입해 보았다. 결론은 선명한 'NO'였다. 나의 가능성을 최대화하기 위해 나의 가능성을 아껴 놓을 필요가 있었다. 토요일 오픈데이를 없애고 백 퍼센트 예약제 방식으로 서점을 운영해 보기로 했다.

공지를 올리기까지 긴 시간이 걸렸다. 토요일마다 사적인서점을 찾아 주는 단골손님에게 미안한 마음이 들었기 때문이다. 공지를 올리고 나서도 내 결정을 의심하는 마음을 떨칠 수 없었다. 얼마 뒤 내가 올린 공지 밑에 댓글 하나가 달렸다. "지혜 씨가 그렇다면 그것으로 충분한 것." 염리동에서 여행 책방 일단멈춤을 2년간 운영하다 문을 닫은 송은정 님이 남긴 댓글이었다. 내가 그렇다면 그것으로 충분한 것. 무언가를 내려놓는 데 다른 이유는 필요 없었다. 2018년 1월을 끝으로 오픈데이 영업을 종료했다. 꼭 필요한 포기였다.

내 일의 쓸모

+

　　하루는 서점에 1961년생 손님
이 다녀갔다. 아빠와 동년배인 남자 손님이 서점을 찾은 건
처음이었다. 왠지 모르게 긴장한 상태로 출근했는데 걱정
이 무색하게 손님은 정중하고 재미있고 배울 점이 많은 분
이었다. 사적인서점을 어떻게 알고 오셨느냐고 묻자 몸담
고 있는 독서모임에서 특별한 서점이 있으니 대표로 체험
해 보라며 1만 원씩 갹출해서 비용을 내 주었다고 했다. 즐
겁게 이야기를 나누다가 손님이 운영 중인 사업에 대한 고
충으로 화제가 이어졌다. 손님은 좋아하는 시 한 편을 낭송
해도 괜찮겠느냐고 물었고 나는 기꺼이 고개를 끄덕였다.
함민복 시인의 「긍정적인 밥」이라는 시였다.

시 한 편에 삼만 원이면
너무 박하다 싶다가도
쌀이 두 말인데 생각하면
금방 마음이 따뜻한 밥이 되네

시집 한 권에 삼천 원이면
든 공에 비해 헐하다 싶다가도
국밥이 한 그릇인데
내 시집이 국밥 한 그릇만큼
사람들 가슴을 따뜻하게 덮혀 줄 수 있을까
생각하면 아직 멀기만 하네

시집 한 권이 팔리면
내게 삼백 원이 돌아온다
박리다 싶다가도
굵은 소금이 한 됫박인데 생각하면
푸른 바다처럼 상할 마음 하나 없네

일이 잘 풀리지 않아서 답답하고 속상할 때마다 만병통치약처럼 곱씹다 보니 어느새 시 한 편을 외워 버렸다는 손님. 당시 나는 책 팔아서 먹고살기가 힘들다며 매일같이 꽁알거리고 있었다. 서점을 연 뒤로 나의 화폐 단위는 '책'이었다. 정가 1만 5천 원짜리 책 한 권을 팔아서 내가 버는 돈은 3천 원 남짓. 커피를 사 마시려다가 '이 돈이면 책 두 권을 팔아야 돼'라는 생각이 들면 살 수가 없었다. 옷을 사려다가도 책을 몇 권이나 팔아야 하나 계산기를 두드리고는 슬그머니 마음을 접었다. 책을 팔아 버는 돈이 너무 박하다 싶었고, 든 공에 비해 헐하다 싶었고, 박리다 싶었다. 그런데 푸른 바다처럼 상할 마음 하나 없다니. 머리로는 좋은 시라고 생각하면서도 마음으로는 받아들이지 못했다.

서점을 연 뒤로 내 일의 쓸모를 고민하는 시간이 많아졌다. 부지런히 책을 읽고 시간과 품을 들여 소개하는 일에 대한 회의감 때문이었다. 책 한 권을 팔기 위해 쏟아붓는 노력에 비해 돌아오는 대가가 너무 궁색했다. 책을 팔아 먹고살아야 한다는 압박이 마음을 가난하게 만들었다. 책 처방 프로그램이라고 해서 사정이 다르진 않았다. 책 처방 프로그램의 1회 비용은 5만 원이다. 여기엔 손님과 일대일로 대화를 나누는 한 시간, 사루비아다방의 신선한 찻잎으로 우린 차 한 잔, 한 사람을 위해 고른 책 한 권과 편지, 포장비와 배송비가 포함된다. 그렇다면 이 5만 원은 저렴한 걸까, 비싼 걸까?

　　서점을 준비할 때 책 처방 프로그램 가격을 두고 오래 고민했다. 책값과 찻값, 포장비와 배송비를 더했더니 원가만 어림잡아 2만 원이 나왔다. 여기에 공간 임대료와 인건비를 더해야 하는데, 책을 추천하고 그에 따른 비용을 받는 서비스 자체가 처음이다 보니 인건비 매기기가 쉽지 않았다. 우선은 손님들이 부담 없이 체험해 볼 수 있도록 3만 원을 받기로 했다. 물론 3만 원도 비싸다고 여기는 사람이 있었고, 터무니없이 싸다고 가격을 올리라고 말하는 사람도 있었다. 그렇게 3개월을 운영하며 깨달았다. 가격 책정 기준은 '사람들이 이 가격이면 이용해 줄까?'가 아닌 '이 프로그램에 이 가격이 정당할까?'여야 한다는 사실을.

　　상품의 가격을 떨어뜨리면 노동력이 값싸지고 노동력이 값싸지면 상품 가격도 떨어진다. 그 끝없는 반복 속에서 상품과 노동력의 질이 갈수록 떨어지는 것이 자본주의의 구조적인 숙명이었다. (……) 우리는 자본주의의 모순이 빚어내는 악순환의 고리를 끊고 싶다. 그러려면 정반대로 행동할 필요가 있다. 상품과 노동력의 교환가치를 높게 유지하는 것이다.

기술자는 기술과 감성을 연마하여 노동력의 교환가치를 높게 유지하면 된다. 그리고 기술자이자 생산자가 만든 높은 교환가치의 재료(상품)를 구입하면 된다. 그렇게 상품 하나하나를 정성껏 만들고 상품의 교환가치를 높게 유지해야 소상인이 소상인으로서 살아남을 수 있다.

와타나베 이타루, 『시골빵집에서 자본론을 굽다』

모두가 합리적이라고 생각하는 가격은 없다. 책 처방 프로그램에 쏟는 노동의 질을 유지하려면, 사적인서점을 지속 가능하게 운영하려면 이용료를 다시 매겨야 했다. 고민 끝에 2017년 2월부터 책 처방 프로그램의 가격을 5만 원으로 인상했다. 3만 원에서 5만 원으로 가격이 올랐지만 여전히 누군가에겐 비싸고 누군가에겐 싼 가격일 것이다.

매일의 덧셈 뺄셈 속에서 늘 손해를 보는 기분이었다. 오픈데이를 더 이상 운영하지 않는 데는 여러 이유가 있지만 들이는 노력만큼 매상이 나오지 않는다는 것도 무시할 수 없었다. 책이 잘 팔렸다면 오픈데이는 사라지지 않았을 지도 모른다. 오픈데이가 사라진다는 소식을 듣고 찾아온 사람들로 서점은 1월 한 달 내내 북적였다. 시간 내어 찾아 준 이들이 고마운 한편 진작 이렇게 와 주었다면 하는 아쉬운 마음도 들었다. 영업 종료 후 손님이 남기고 간 편지를 꺼내 읽었다. 내가 땡스북스에서 일하던 때부터 SNS를 통해 책 소개하는 모습을 쭉 지켜봤다고 말해 준 손님이었다.

> 사람은 때로 튼실하게 살아가는 것 자체만으로 다른 사람을 구원해 줄 수 있는 것이다.
> —『용의자 X의 헌신』 중에서

이런 서점원도 있구나. 이런 방식으로도 일할 수 있구나. 매일 성실히 책을 읽고 올려 주시는 글을 보며 많은 날을 위로받았어요. 맨 위에 적은 문장처럼 튼실하게 매일을 살아가는 지혜 님과 지혜 님이 운영하시는 사적인서점은 존재 자체로 제 삶을 일정 부분 '구원'했다고 생각해요. 저뿐 아니라 사적인서점을 사랑하는 다른 손님들에게도 그런 존재리라 믿어요. 책을 통해 소개해 주신 글과 사람과 세상이 너무나도 따뜻하고 흥미로워서 '역시 세상엔 재미있는 것들이 참 많고 삶은 살아 볼 만한 것이다'는 생각도 많이 했어요. 고맙습니다. 사실 이 다섯 글자를 전하려고

　　손님이 준 편지를 자랑처럼 남편에게 내밀었다. 편지를 다 읽은 남편은 불쑥 네가 정말 부럽다고 말했다.

　　"일하면서 내가 가치 있는 일을 하고 있다고 실감하는 거 쉽지 않잖아. 이럴 때 보면 너 정말 부러워."

　　어떤 쓸모는 돈으로 증명되지만 어떤 쓸모는 눈에 보이지 않는다. 눈에 보이지 않는다고 존재하지 않는 게 아닌데, 그걸 까맣게 잊고 있었다. 마음을 담아 꾹꾹 눌러 쓴 편지는 잇속을 따지느라 잊고 지내던 것들을 떠올리게 해 주었다. 그동안 내 일의 가치를 돈으로 증명해야 한다고 여기며 내 일의 쓸모를 고민하는 나날이 이어졌다. 그런데 이렇게 나의 존재를, 사적인서점의 존재를 귀하게 여겨 주는 사람이 있다고 생각하니 그것으로 충분하다 싶었다. "푸른 바다처럼 상할 마음 하나 없네." 이제야 이 시구가 마음으로 이해되었다. 서점을 열고 가장 큰 이윤을 남긴 날이었다.

당신의 서점에 투표하세요

+

서점을 열고 두 달쯤 지났을 무렵 첫 북토크가 열렸다. 참석자 중에는 대구에서 온 분도 계셨는데, 행사가 끝나고 그 손님이 서점 SNS에 소개된 책을 찾았다. 마침 재고가 떨어져 주문해야 하는 책이었다. 사정을 말씀드리자 손님은 지금 결제하고 택배로 배송받는 것도 가능하느냐고 물었다. 택배 주문은 한 번도 생각해본 적 없는 일이었다. 잠시 머뭇거리다 대답했다.

"가능하긴 한데, 정가 구입에다 택배비도 따로 내셔야 해서……. 배송도 최소 이삼 일은 걸려요. 그 책은 온라인 서점에서 주문하시는 게 좋을 것 같아요. 죄송합니다."

서점 주인이 책을 안 팔겠다니! 집으로 돌아오는 길에

착잡한 마음이 들었다. 손님 입장에서 헤아려 보면 똑같은 책을 사는데 4-5천 원가량의 비용을 추가로 내야 한다. 온라인 서점의 10퍼센트 할인과 5퍼센트 적립, 배송비 무료 혜택 때문이다. 도서 정가에 배송비까지 받으며 책을 팔아도 될지 고민을 하면서 한편으로는 '금전적인 부담을 결정하는 건 손님이 판단할 몫 아닌가? 사적인서점에서 책을 사고 싶다는 손님을 왜 막아야 하지? 나는 책을 팔아서 먹고사는 서점 주인이잖아?' 하는 생각도 들었다. 서점 주인으로서의 정체성과 손님의 입장 사이에서 마음을 저울질했다.

그날 이후 택배 주문에 대해 생각했다. 책 처방 프로그램을 시작하면서 택배 회사와 계약을 맺었고 포장 상자 같은 비품도 갖추고 있어서 배송 서비스를 하지 않을 이유가 없었다. 사적인서점에서 책을 사야만 받을 수 있는 책싸개 서비스도 있고, 일정 권수 이상 책을 구입하면 책 처방 프로그램을 무료로 이용할 수 있는 마일리지 제도도 있으니 이 정도 혜택이면 온라인 서점과 겨뤄 볼 만하다 싶었다. 문제는 배송비였다. 고민 끝에 5만 원 이상 주문 시에는 배송비 무료 혜택을 제공하기로 했다. 책을 5만 원어치 판매하면 서점에 남는 순수익은 1만 원이 조금 넘는다. 3천 원가량의 배송비를 서점에서 부담하는 건 수익의 일부를 포기하는 셈이지만 사적인서점에서 책을 구입하는 분들이 손해 본다는 느낌을 받게 하고 싶지 않았다.

> "아마존과 경쟁할 수는 없어요." (……) "우리가 같은 방식으로 생각한다면 매번 지겠죠. 가격이나 배송으로는 경쟁할 수 없으니까요. 우리는 완전히 다른 선택지가 되어야 합니다." 그래서 워드는 서점에 갖추어진 책의 종류로(물량보다는 품질), 개인에 맞춰진 서비스로, 기발한 이벤트로(특히 학교와 연계한 도서 축제) 승부한다. 그중 가장 주요한 승부처는 바로 (고객들의) 마음이다. (……) "누구든 저를 공익 단체로 생각하는 것을 바라지 않아요. 누구든 우리 매장에서 사야 한다고 생각해서는 안 됩니다. 저는 사람들이 우리 매장에서 사고 싶어 하기를 바랍니다."
>
> 데이비드 색스, 『아날로그의 반격』

사적인서점의 가장 주요한 승부처 역시 손님의 마음이었다. 가격 할인이 되지 않아도 주문 과정이 불편하고 배송이 느려도 이곳에서 책을 사고 싶은 강력한 이유, 그건 사적인서점만의 책을 전하는 방식에 있다고 믿었다. 나는 대부분의 책을 직접 사서 삼분의 일가량을 읽어 본 후에 소개할지 말지를 결정했다. 책 한 권을 소개하더라도 정성 들여 사진을 찍고 글을 썼다. 2017년 봄부터는 인스타그램 라이브 방송으로 '사적인 라이브'를 시작했다. 예약제 운영이라는 문턱 때문에 서점에 오기 힘든 이들에게 마주보고 대화를 나누듯 친밀한 방식으로 내가 읽은 책을 소개하고 싶다는 마음이 계기가 되었다. 나는 이 책을 어떻게 읽었는지, 어떤 분에게 이 책을 추천하고 싶은지 등을 이야기하고 책을 읽으며 밑줄 그은 부분을 낭독하기도 했다. 방송을 보다가 궁금한 점이나 소감을 댓글로 달면 바로 답을 할 수 있어서 손님과 거리가 좁혀지는 느낌이 들어 좋았다. 한 시간 동안 서너 권의 책을 소개하고 방송이 끝날 무렵에는 꼭 사적인서점에서 책을 구입해 달라고 강조했다.

"제가 라이브 방송으로 책을 소개하는 건 이 책들이 더 많은 사람에게 읽혔으면 하는 마음 때문입니다. 물론 제 직업은 서점 주인이고 책을 팔아서 먹고사는 사람이기 때문에 사적인서점에서 책을 사 주셨으면 하는 마음도 빼놓을 수 없고요. 오늘 방송을 통해 읽어 보고 싶은 책이 생겼다면 그 책은 사적인서점에서 구입해 읽어 주셨으면 좋겠습니다. 지속 가능한 서점 운영에 큰 힘이 되니까요."

하지 않아도 될 말을 덧붙여서 괜히 손님에게 부담을 주는 게 아닐까 걱정도 됐지만 이 책들을 전하기 위해 들인 나의 시간과 품을 존중받고 싶었다. 사적인서점의 엄선된 큐레이션과 정성이 담긴 소개 방식이 누군가의 마음을 움직였다면, 사적인서점으로 인해 책이 사고 싶어졌다면, 도서 구입으로 그 수고를 인정해 주었으면 좋겠다는 바람을 담은 말이었다. 최소한의 돈을 써서 최대 이익을 얻는 '합리적 소비'가 아닌 자신의 가치관을 넓혀 주거나 자신이 공감하는 것에 돈을 쓰는 '투표적 소비'. 좋았으니까, 응원하니까, 돈으로 한 표를 행사하기 바라는 것이다.

"책을 읽고 싶게 만드는 마법을 부리셔서 자꾸 책을 사고 싶습니다."

"책값을 계산해 주는 가게 주인이 아닌 책을 즐겨 읽고 권해 주는 책방 주인은 난생처음이에요."

"원래 책에 크게 흥미가 없었는데 요즘 아침 업무 전에 수혈하듯이 책 읽으려고 일찍 출근하고 있어요. 사적인서점에서 소개해 주는 책이 너무 좋아요. 앞으로도 좋은 책 추천 부탁드립니다."

배송 서비스를 시작하고 1년쯤 되었을 때부터는 매달 약 이백 권의 책을 택배 주문으로 팔고 있다. 처음 택배 주

"안녕하세요. 보내 주신 책, 잘 도착했습니다. 상자에 붙어 있는
도토리 스티커를 보고 흐뭇해서 웃었네요. 꼼꼼하게 포장된
상자를 열어 보면서 온라인 서점에서 주문하는 것과는 다른 온기를
느꼈어요. 바쁘신 와중에 배송을 위해 들인 정성에 감사합니다.
새 책과 함께 즐거운 주말이 될 것 같아요." 손님의 문자를 받고 다시
한 번 확인한다. 진심은 반드시 전해진다는 것을. 크고 작은 확신이
쌓여 가는 서점 주인의 나날.

문을 받았던 날을 떠올려 보면 놀라운 숫자다. 온라인 서점에서 주문하면 당일 배송, 할인과 적립, 사은품까지 받을 수 있다. 그럼에도 불구하고 "이 책은 사적인서점에서 사고 싶어요"라는 말과 함께 기꺼이 돈을 지불하고 불편을 감수하는 손님이 꾸준히 늘고 있다. 똑같은 책도 다르게 사는 재미를 알아 버렸다고, 이 번거로움이 참 좋다고 말하는 손님, 사적인서점이 자신에게 바람직한 공간이 되어 주었으니 나도 이 서점에 바람직한 손님이 되겠다고 응원하는 손님. 이렇게나 든든한 손님들이 있어서 매일매일 서점을 꾸려 갈 힘을 얻는다.

"이런 공간에서 이익을 내야 합니다." 도블린은 자주 서점에 와서 지갑으로 투표를 하여(즉 돈을 써서 ─ 옮긴이) 원하는 서점, 이웃, 도시를 만들어 달라고 호소력 있게 말했다. "우리는 여러분들이 찾아오는 한, (언제까지나) 여기에 있을 겁니다."

데이비드 색스, 『아날로그의 반격』

좋아하는 것을 좋아한다고 말할 수 있는
용기

+

SNS에서 어떤 책에 대한 악평을 보았다. 내가 사적인서점 계정에서 꼭 한 번 읽어 보시라고 추천한 책이었다. 악평을 남긴 이는 평소 내가 눈 밝은 독자라 여기던 사람이었다. 같은 책이라도 읽는 사람에 따라 평가가 다를 수 있다고 보지만 마음 한편에서는 '내가 책을 잘못 읽은 걸까? 내가 책 고르는 안목이 없나?' 하는 의심이 들었다. 이렇게 시작된 의심은 자기 검열로 이어졌다. 잠잠해졌나 싶었던 '깊이에의 강요'가 재발한 것이다.

입고할 책을 고를 때도 책 소개 글을 올릴 때도 업계의 평가를 따지고 손님의 눈치를 보았다. 사적인서점만의 뚜렷한 기준이 아니라 타인의 시선으로 책을 고르다 보니 서점 색깔이 눈에 띄게 희미해졌다. 하루는 서점 일을 도와주러 온 남편이 서가를 둘러보며 무심하게 말했다. "요즘 네 서점에 오면 읽고 싶은 책이 하나도 없어. 예전엔 책 안 읽는 나도 읽고 싶은 책이 많았는데……. 재미없어." 책도 안 읽으면서 뭘 아느냐고 타박하며 넘겼지만 실은 정곡을 찔린 느낌이었다. 책으로 들어가는 입구 같은 서점이 되고 싶다고 말해 왔으면서 사적인서점을 좋아하는 사람이 거리감을 느끼도록 벽을 쌓아 올린 것이나 다름없었다. 갑자기 추워진 날씨 탓인지 바뀐 서점 분위기 탓인지 매출마저 떨어졌다. 진심으로 좋아하는 책만 전하고 싶어 하던 나는 사라지고 타인의 눈치만 살피는 나만 남았으니 어쩌면 당연한 결과였다.

　그 일이 있고 한 달 정도 지났을 무렵, 사적인서점에서 최혜진 작가의 『그림책에 마음을 묻다』 출간 기념 북토크가 열렸다. '어른들을 위한 그림책 처방'이라는 책의 콘셉트에 맞게 최혜진 작가가 참가자들의 고민을 듣고 맞춤 그림책을 처방해 주는 행사였다. 참가자 중 한 분이 자기 안의 검열관에 대한 고민을 털어놓았다. 무슨 일을 할 때마다 스스로 '그게 네 나이에 맞는 일이냐', '그게 지금 너한테 중요한 거냐' 다그치느라 너무 힘들다고 했다. 나와 비슷한 고민에 반가워하면서 어떤 책이 처방될지 귀를 기울였다. 최혜진 작가의 처방전은 데이비드 섀넌의 그림책『줄무늬가 생겼어요』였다.

『줄무늬가 생겼어요』에는 언제나 주변의 시선을 의식하는 소녀 카밀라가 등장한다. 카밀라는 아욱콩을 좋아하지만 절대 먹지 않는다. 친구들 모두가 아욱콩을 싫어하는데 혼자서 그런 걸 먹는다고 놀림당할까 봐 두렵기 때문이다. 어느 날 카밀라는 이상한 병에 걸린다. 물방울무늬로, 알약으로, 곰팡이로, 남이 말하는 대로 몸이 변하는 병에 걸린 것이다. 이런저런 치료를 할수록 카밀라의 모습은 점점 더 이상해진다. 뿌리와 앵두와 수정과 깃털과 복슬복슬한 꼬리가 달린 카밀라의 괴상한 모습은 마치 타인의 말에 이리저리 휘둘려 자기 자신을 잃어버린 내 모습 같았다.

카밀라의 병을 고친 건 어이없게도 아욱콩이었다. 지금까지 겪은 일에 비하면 콩을 먹어서 웃음거리가 되는 것쯤은 아무것도 아니라고 생각한 카밀라는 용기를 내어 아욱콩을 먹고 원래의 자신으로 돌아온다. "저는 사실…… 아욱콩이 정말 좋아요." 용기 내어 고백하는 카밀라를 보며 나도 모르게 눈물이 핑 돌았다. 좋아하는 것을 좋아한다고 말할 수 있는 용기. 있는 그대로의 내 모습을 드러낼 수 있는 용기. 『줄무늬가 생겼어요』를 읽으며 나는 그 용기를 배웠다.

얼마 전, 우연한 계기로 『대리사회』라는 책을 읽고 김민섭 작가의 글과 사유에 푹 빠졌다. 『나는 지방대 시간강사다』와 『아무튼, 망원동』까지 저자의 다른 책도 몽땅 찾아 읽었다. 또 한 명의 믿고 읽는 저자를 발견한 기쁨. 타인의 시선을 의식하며 지냈던 지난 몇 달 동안은 누리지 못한 기쁨이었다. 이 책을 한 명이라도 더 많은 사람에게 읽히고 싶어서 만나는 사람마다 붙잡고 『대리사회』 전도를 했다. "이 책이 말이에요……." 신이 나서 주절주절 책 얘기를 늘어놓는 나를 보며 지인이 말했다.

"지혜 씨, 지금 말하면서 눈이 막 반짝반짝하는 거 알아요? 나는 지혜 씨가 이렇게 애정 가득 담아서 책 소개해 줄 때 정말 좋더라. 지혜 씨가 소개해 주는 책들은 꼭 읽어 보고 싶어요."

이게 나였다. 무언가에 푹 빠지면 그걸 다른 사람에게도 전해 주고 싶어서 발을 동동 구르는 사람. 그 열정이 나의 가장 큰 재산이었다. 서점 주인으로서 안목이 떨어지는 게 아닐까, 겨우 이 정도 글솜씨로 글을 써도 될까, 주변 시선을 의식하며 머뭇거리게 될 때마다 나의 아욱콩을 떠올린다. 다른 사람의 말에 휘둘리다가 엉망진창이 된 카밀라를 생각한다. 좋아하는 것을 좋아한다고 말할 수 있는 용기. 있는 그대로의 내 모습을 드러낼 수 있는 용기. 언제나 그 용기를 잃지 않는 사람이 되고 싶다.

도전 말고 시도

+

요시모토 바나나의 소설을 읽으며 밑줄 긋고, 비디오 대여점에서 『러브레터』를 빌려 테이프가 늘어날 때까지 돌려 보며 학창 시절을 보냈다. 일본 소설과 일본 영화가 좋은 이유를 꼬집어 말할 수는 없었지만 정서가 잘 맞는다는 느낌이 들었다. 대중문화로 시작된 일본에 대한 관심은 자연스럽게 '일본어 능력시험 1급 따기'라는 목표로 이어졌고 그것은 곧 인생 숙원 사업이 되어 버렸다. 1년 정도 열심히 공부하면 자격증을 딸 수 있을 줄 알았는데, 그 공부를 한 달 이상 이어 나가기가 어려웠다. 새해가 되면 학원에 열심히 나가다가도 회사 일이 바빠서 약속이 생겨서 한두 번 빠지다가 더는 학원에 나가지 않기 일쑤였다.

땡스북스에서 일하면서 워크숍으로 '게이분샤 이치조지점'과 '스탠다드 북스토어' 등 교토와 오사카의 책방을 탐방하고 돌아왔다. 일본 서점인이 쓴 책이나 일본 서점 웹사이트를 참고하며 서점 실무를 공부하다가 직접 현장을 방문해 보니 일본어 공부에 새로운 열망이 불타올랐다. 일본 서점원들을 만나 서점의 운영 철학이나 공간 구성, 특집 코너 등을 안내받으며 서점 여행을 하고 싶다는 욕심이 생겼다. 워크숍을 계기로 나에게는 일본어 자격증이 아니라 서툴더라도 일본 서점원과 대화를 나눌 수 있을 정도의 생활 일본어가 필요하다는 것을 깨달았다.

회화 위주의 공부를 시작한 지 3개월쯤 되자 배운 걸 직접 써먹어 보고 싶다는 생각에 몸이 근질근질했다. 간사이 지역의 서점은 가 보았으니 이번엔 도쿄로 서점 여행을 다녀오자! 서점 특집이 실린 일본 잡지와 책이 있는 공간을 소개하는 가이드북을 보면서 방문하고 싶은 서점 목록을 만들고, 일본어를 잘하는 친구에게 번역을 부탁해 각 서점으로 메일을 보냈다. 서점에서 일하면서 사전 연락 없이 불쑥 찾아오는 손님 때문에 곤혹스러웠던 적이 많았기에 미리 메일을 보내 양해를 구하고 약속을 잡은 것이다.

열입곱 군데의 서점에 메일을 보냈는데 답장이 없던 한두 군데를 제외하고는 모두 한국에서 오는 손님을 위해 기꺼이 시간을 내주었다. 문제는 내가 일본어를 고작 3개월밖에 배우지 않았다는 데 있었다. 길을 묻거나 식사 주문 정도만 할 수 있는 왕초보 수준으로 패기 넘치게 약속을 잡았으니……. 뒤늦은 걱정이 밀려왔지만 이미 엎질러진 물이었다.

첫 방문지는 B&B 서점이었다. 메일을 주고받은 데라시마 점장을 찾아 서툰 일본어로 인사를 건넸다. "일본어 공부를 시작한 지 얼마 되지 않았습니다. 일본어 실력이 서투르더라도 이해해 주세요." 한국에서부터 수백 번 연습한 문장이었다. 데라시마 점장은 한국의 서점인이 연락을 준 건 처음이라며 환대해 주었고, B&B뿐 아니라 근처에 있는 여러 서점을 직접 안내해 주었다. 처음 여행을 계획할 때만 해도 예상하지 못했던 친절이었다. 첫 도쿄 서점 여행에서 방문한 모든 서점이 나를 따뜻하게 맞아 주었다. 부족한 일본어 실력이라도 용기 내길 잘했다는 생각이 들었다. 그 뒤로도 일본어 공부를 계속하면서 1년에 서너 번씩 본격적인 일본 서점 여행을 다니기 시작했다.

이렇게 시작된 일본 서점과 나의 교류는 땡스북스 퇴

사 후 B&B의 행사 초대로 이어졌다. 대표인 우치누마 신타로 씨와 대담하면서 그의 저서 『책의 역습』이 한국에 출간되면 좋을 것 같다고 넌지시 말했는데, 이것이 계기가 되어 2016년 6월 『책의 역습』이 한국에서 출간되었다. 홍보를 위해 방한한 우치누마 씨와 담당 편집자인 아사히출판사의 아야메 요시노부 씨에게 서울의 개성 있는 서점들을 안내하고 싶다고 제안했다. 출판사의 부탁을 받은 것도 다른 보상이 있는 일도 아니었다. 단지 일본 서점인의 시선으로 바라본 서울의 서점이 어떤 모습일지 궁금할 따름이었다. 우치누마 씨는 같은 서점인으로서 배울 점이 많은 사람이었기에 이틀 동안 함께 다니며 이야기를 나누는 것만으로도 많은 공부가 될 것 같았다. 그렇게 이박 삼일간의 짧은 방한 일정을 마치고 도쿄로 돌아간 그들에게서 한 통의 메일을 받았다. 두 사람은 현재 서울에서 일어나고 있는 유례없는 '서점 붐'을 보고 큰 충격을 받았다면서 이 재미있는 움직임을 일본에 알리는 책을 내고 싶다고 했다.

그렇게 해서 만들어진 책 『책의 미래를 찾는 여행, 서울』은 2017년 6월에 일본에서 출간되었고, 2018년 3월에 한국에서도 번역 출간되었다. 일본 서점 여행이 B&B 행사로 이어지고, 행사가 『책의 역습』 한국 출간으로 이어지고,

『책의 역습』한국 출간이『책의 미래를 찾는 여행, 서울』로 이어지고, 다시 그 책이 한국에 소개된 것이다.

> 『책의 미래를 찾는 여행, 서울』은 무엇보다 한국의 친구들이 베풀어 준 호의가 바탕이 되었다. 일본 서점을 시작으로 출판계에 대해 배우고자 했던 이들이 일본을 방문하고 일본어를 공부한 덕분에 인연이 돌고 돌아 우리가 서울에서 만나게 되었다. 비록 우리는 한국의 출판에 대해 뒤늦게 접하게 되었지만 한국 서점의 흥미로운 점들을 계속 발견해 나가고 있는 중이다.
>
> 우치누마 신타로·아야메 요시노부, 『책의 미래를 찾는 여행, 서울』

『책의 미래를 찾는 여행, 서울』의 서문을 읽다가 코끝이 찡해졌다. 지난 3년 동안 나에게 벌어진 일을 떠올리니 만감이 교차했다. 손짓 발짓에 번역기 앱을 동원하며 도쿄 서점을 돌았던 그때는 존경하던 일본 출판인들과 친구가 될 줄 몰랐고, 그들이 한국 서점에 자극을 받아 책까지 내게 될 줄은 더더욱 몰랐다. 이 모든 것은 내가 목표를 세우고 움직여서 이뤄진 일이 아니었다. 한국과 일본의 서점을 잇는 일이 목표였다면 일본어 능력시험 1급을 따기 전까지는 일본에 가지도 않았을 것이다. 그저 배운 일본어를 써먹고 싶어서, 일본 서점의 전문성을 배우고 싶어서, 나의 사적인 즐거움을 위해 시작한 일본 서점 여행이었다. 지금 내자리에서 할 수 있는 일을 즐겁게 하다 보니 일이 스스로커지는 경험을 했다.

생각해 보면 일본 서점 여행만 그런 것이 아니었다. 서점이 될 공간을 계약하고 편집자 시절의 선배와 밥을 먹는데, 선배가 이런 말을 했다. "지혜야, 난 네가 편집자 그만두고 서점 주인이 될 거라고는 꿈에도 생각 못 했어." 나도마찬가지였다. 편집자가 내 미래의 전부였던 시절, 내가7년 뒤에 서점 주인이 되어 있을 거라고는 한 번도 상상해본 적이 없었다. 땡스북스를 그만두고 서점을 열까 말까 망설이고 있었을 때도 열 달 뒤에 그토록 바라던 서점 주인이되어 있을 줄은 정말 몰랐다. 1년 뒤에 내가 어떤 모습일지한 치 앞도 알 수 없는 게 인생이었다.

이루고 싶은 목표가 있는 삶 속에서 나는 언제나 쉽게지치고 쉽게 실망했다. '지금의 나'와 '되고 싶은 나' 사이의격차가 너무 커서 따라잡을 수 없을 것 같았다. 계획한 대로 성실히 살아간다고 해서 원하는 목표가 모두 이뤄진다는 보장도 없다. 인생에는 변수가 많기 때문이다. 그러니 그저 지금의 자리에서 내가 할 수 있는 일을 즐겁게 하면 된다고, 그럼 나도 모르는 사이에 내가 바라던 모습이 된다는 걸 일본 서점 여행이 알려 주었다. 그 깨달음이 불확실한 미래를 두려움이 아닌 기대감으로 바꾸었다. 1년 뒤, 3년 뒤, 5년 뒤, 또 어떤 놀라운 일들이 내 앞에 펼쳐질까.

> 나는 이제 나의 '자리'가 궁금하지 않다. '되고 싶은' 어떤 자리라고 할 만한 것도 없다. 그런 자리라는 것이, 그것을 향해 달려가는 '목표'가 아니라 순간순간 나를 인정하며 지내는 시간들이 쌓여서 만들어지는 '결과'임을 알게 되었기 때문이다.
>
> 김현우, 『건너오다』

책과 서점이 만들어 준 바다 건너의
다정한 동료들. 서로의 세계를 넓혀 주는
친구가 있다는 건 아주 큰 행운이다.

얼어 보니 어때요?

+

"하루에 몇 명과 상담을 하시나요?"

책 처방 프로그램을 운영하며 자주 받는 질문이다. 그럼 나는 상담을 매일 하는 것은 아니고 일주일에 이틀, 하루 세 명씩, 한 주에 여섯 명의 손님과 상담을 한다고 대답한다(물론 나 외에도 유동적으로 활동하는 두어 명의 책 처방사가 있다). 상대방은 예상을 밑도는 숫자에 적잖이 당황한 눈치다. 곧바로 추가 질문이 따라온다.

"그럼 상담하지 않는 날에는 뭘 하세요?"

"상담이 없는 날에는 처방할 책을 고르고 읽고 편지를 쓰고 포장해서 배송하는 작업을 해요. 그리고…… 입점 문의나 행사 제안 메일에 답장을 보내고, 새로 나온 책을 검토해 주문하고, 책이 입고되면 서가 진열을 바꾸고, 소개글을 쓰고 사진을 찍어서 SNS에 입고 소식을 알리고, 책을 판매하고 정산하고 반품하고 비품 재고를 파악하고, 사이사이 워크숍이나 북토크도 진행하는데 기획부터 섭외, 홍보 및 모객, 진행까지 모두 담당하고요. 아, 맞다! 매일 청소도 해야 해요"라고 대답할까 잠시 망설이다가 일일이 설명하는 게 귀찮아서 그냥 "이것저것요" 하고 얼버무리고 만다.

대답을 들은 이들은 마냥 부러운 얼굴로 나를 쳐다본다. 아마도 손님이 없는 서점에서 한가롭게 책을 읽으며 유유자적 시간을 보내는 모습을 떠올릴 것이다. 나 역시 서점을 열기 전까지 자영업에 환상을 가지고 있었으니까. 회사원 시절에는 나도 개인의 취향이 묻어나는 작은 서점이나 카페는 일터가 아니라 안식처라고 생각했다. 그런 곳에서 일하면 어떤 느낌일까 하고 내 모습을 상상해 보기도 했다. 하지만 이제는 안다. 우리가 보는 것은 강물 위에 우아하게 떠 있는 백조의 모습이라는 걸. 실은 물 밑에서 두 다리를 버둥거리며 헤엄치고 있다는 걸 말이다.

"여기 있는 책들, 다 읽어 보신 거예요?"

나는 멋쩍게 웃으며 대답한다. "그럴 리가요." 사적인 서점의 서가에 꽂힌 책은 대략 칠백 권 정도. 파는 책을 제외하고 책 처방을 위해 갖고 있는 개인 도서까지 합치면 이천 권 가까이 된다. 다른 서점의 장서량에 비하면 턱없이 적은 숫자이긴 해도 한 권도 빼놓지 않고 읽을 수 있을 만큼 만만한 숫자도 아니다. 한때는 나도 '읽어 본 책만 파는' 서점 주인이 되겠다며 자신했다. 그것이 얼마나 호기로운 장담이었는지는 서점을 열고 얼마 지나지 않아 깨닫게 되었지만 말이다(올 때마다 숨은그림찾기를 하듯 새로 들어온 책을 찾아야 하는 서점이라니!).

책 처방 프로그램에서는 읽어 본 책만 권한다는 원칙을 세우고 지금까지 지켜 나가고 있지만 이것 역시 쉽지는 않다. 한 권의 책을 처방하기 위해 서너 권의 후보를 추려서 읽어야 하고, 그러는 사이사이 새로 입고된 신간을 읽고 소개하는 일도 빼놓을 수 없다. 그뿐인가. 밑줄을 그으며 책을 읽는 습관 탓에 도서관을 이용하기가 어려워 서점에서 버는 돈의 삼분의 일 이상을 도서 구입비로 쓰고 있다. 농담 반 진담 반으로 책을 좀 더 저렴한 가격에 사서 보려고 서점 주인이 된 건 아닐까 싶을 정도다. 책상 위와 침대 맡은 물론 곳곳에 수북이 쌓인 책들이 서점과 집을 잠식해 나가고 있다.

책을 좋아하는 사람이라면 누구나 한 번쯤 서점 주인을 꿈꾸기 마련이다. 그들은 나에게 말한다. 좋아하는 책을 맘껏 읽으면서 돈까지 벌 수 있으니 부럽다고. 하지만 꿈을 이뤘다는 설렘은 아주 잠깐일 뿐. 아무리 책을 좋아한다고 해도 집과 서점을 오가며 책 속에 파묻혀 지내는 일상이 마냥 즐겁기만 한 건 아니다. 게다가 해야 할 일은 얼마나 많은지……. 하루에도 수백 권씩 출간되는 신간 사이에서 판매할 책을 엄선하고, 신간 외에도 잘 알려지지 않은 좋은 책을 발굴하기 위한 노력을 게을리해선 안 된다. 입고한 책을 전부 읽지는 못하더라도 대강의 내용을 파악하고 있어야 완성도 높은 서가를 구성할 수 있다. 그 책임감이 나를 성장시키기도 하지만 가끔은 너무 버겁기도 하다. 나에게 서점을 꾸려 가는 일은 상상만 해도 두근거리고 반짝반짝 빛나는 '꿈'이 아니라 매일 번잡스럽고 지난한 과정을 견뎌 내야 하는 '현실'을 의미한다.

꿈을 이루느니 어쩌니 하지만, 하루하루는 정말 소박하게 지나간다.

준비, 청소, 육체노동, 피로와의 전쟁. 앞날에 대한 고민과의 격투. 짜증 나고 사소한 일은 최대한 흘려 버리고 좋은 일만 생각하고, 예상치 못하게 바쁜 날을 기대하지 않도록 하고, 문제가 생기면 그 자리에서 바로 현실적으로 대처하는……. 라디오에 좋은 채널이 없으면, 내 손으로 CD를 편집해서 틀기도 하고. 귀찮아도 설거지는 꼼꼼하게 하고. 마 행주는 하얗게 청결을 유지하고. 얼음은 조금 넉넉하게 주문해서 잡내가 배지 않도록 관리하고. "보통 빙수는 없나? 딸기 빙수 같은 거 말이야." 손님이 그렇게 백 번을 물어도 "죄송해요. 그 빙수는 우리 가게에 없어요." 하면서 백 번을 웃는다. 언제나 그런 자잘한 일에 쫓길 뿐이다. 내 경우에는 그것이, 흔히 꿈을 이뤘다고 하는 말의 전모였다.

나는 가장 더운 시간은 피해서 점심때와 해질 무렵을 중심으로 가게 문을 열었지만, 그래도 에어컨 없이 어둡고 좁은 장소에 갇혀 얼음을 계속 갈아 대는 일은 아주 소박한 작업이었다. 그러나 나는 그 소박함 너머에 있는 것을 줄곧 바라보았다.

요시모토 바나나, 『바다의 뚜껑』

땡스북스에서 일하던 무렵, 고등학교 축구부 선생님으로부터 축구부 아이들을 위한 작은 도서관에 책을 납품해 달라는 의뢰를 받았다. 선생님은 축구부 아이들은 다른 무엇보다 축구를 좋아하지만 현실적으로 축구를 계속할 수 있는 아이는 극소수에 불과하다고, 자신의 미래를 걱정하는 아이들에게 축구 외에도 다양한 길이 있음을 책을 통해 알려 주고 싶다고 했다.

축구부 아이들을 위한 도서 목록을 정리하면서 처음으로 내가 고른 책 한 권의 무게를 생각했다. 이 한 권의 책이 아이들의 인생에 씨앗이 될지도 모른다고 생각하니 한 권 한 권 허투루 고를 수가 없었다. 내가 고른 한 권의 책이 누군가의 인생을 바꿀지도 모른다. 내가 매일 반복하는 일상 너머에는 그런 단단한 믿음이 있다. 번잡스럽고 지난한 과정 너머에 있는 것. 그것을 믿기에 나는 오늘도 서점 문을 열고 손님을 맞이할 준비를 한다.

맺음말

내가 좋아하는 일을 나답게 즐겁게
지속 가능하게 하기 위하여

+

2018년 10월 1일이면 사적인 서점이 문을 연 지 꼬박 2년이 된다. '벌써'인 걸까 '겨우'인 걸까. 2년 전 여름, 서점으로 쓸 공간을 계약할 때만 해도 이곳에서 1년은 버틸 수 있을까 막연한 불안감에 시달렸지만, 다행히 서점은 예상보다 훨씬 빨리 자리를 잡았다. 정말 감사한 일이다.

지난 2년 동안 서점의 지속 가능성을 찾기 위해 여러 가지 시도를 해 왔다. 처음엔 예약이 들어오는 대로 대책 없이 손님을 받다가 내가 소화할 수 있는 적정 인원을 파악하고서부터는 운영 시간을 정해 하루에 두세 명의 손님만 받았다. 책 처방 프로그램 가격은 3만 원에서 5만 원으로 인상되었고, 세 명의 책 처방사가 서점을 거쳐 갔다. 서점 안에서 한 사람만을 위해 제공하던 책 처방 프로그램은 독서 차트를 작성하며 함께 책 이야기를 나누는 단체 책 처방 워크숍으로, 서점 바깥에서 손님과 만나는 출장 책 처방 등으로 변주되어 다양한 프로그램이 만들어졌다. 단골손님을 위해 마일리지 적립 카드를, 사적인서점에서 책을 사는 즐거움을 선물하기 위해 책싸개와 책주머니를 만들었다. 택배 서비스도 시작했다. 인스타그램 라이브 방송으로 직접 읽은 책을 소개하며 감상을 나누었다. 작가와 일대일로 소통하는 소규모 모임부터 일본어를 배우고 잡지를 만드는 워크숍까지, 다양한 행사를 기획하고 진행하면서 사이사이 일본 서점과 협업을 이어 가기도 했다. 지금 공간에서는 책 처방 프로그램과 오픈데이를 병행하는 게 무리라는 판단에 토요일 오픈데이를 없애고 백 퍼센트 사전 예약제로 운영 방식을 바꿨다.

그러는 동안 나는 서점의 한계를 느꼈다. 책만 팔아서는 먹고살기가 어렵기 때문에 다양한 일을 벌여 사람을 모으고 수익을 만들어야 했다. 쉬운 일은 아니었지만 아주 어려운 일도 아니었다. 서점을 열고 1년쯤 지나고부터 더 이상 월세 걱정은 하지 않아도 되었으니까. 그러나 이렇게 자기 착취를 반복하다가는 내가 완전히 소진될 수 있겠다는 걱정이 들기 시작한 것도 비슷한 무렵이었다. 끊임없이 무언가를 해야만 하는 상황에 점점 지쳐 갔다. 책을 소개하는 일에는 많은 시간과 품이 들었지만 그 어떤 노력도 온라인 서점의 가격 할인 앞에서는 무력해질 뿐이었다. 새로운 시도를 불편해하는 보수적인 출판계 분위기도 견디기 힘들었다. 내가 마주한 한계를 생각하면 서점을 그만두는 게 맞는 것 같았다.

하지만 나는 서점의 가능성도 보았다. 처음 책 처방 프로그램을 준비할 때만 해도 책값 외에 책을 고르는 수고에 값을 매겨 받는 것이 가능할지 자신할 수 없었지만, 2년의 시간 동안 책을 매개로 부가가치를 만들어 낸다면 사람들은 기꺼이 비용을 지불한다는 것을 경험으로 확인했다. 온라인 서점에서 책을 사면 당일 배송에 할인, 적립까지 받을 수 있음에도 사적인서점에서 소개한 책은 사적인서점에서 사겠다며 택배 주문으로 서점을 응원해 주는 손님들도 큰 힘이 되었다. 서점은 손님에게 이 서점에서 권하는 책은 믿고 살 수 있다는 신뢰감을 심어 주고, 손님은 합리적 소비가 아닌 투표적 소비로 그 가치를 인정해 준다면 작은 서점도 온라인 서점과 겨룰 수 있을 거라는 근거 있는 확신이 생겼다. 그뿐인가. 서점을 운영하며 원래 책에 관심이 없었지만 새로 생긴 독립 서점들을 다니면서 책 읽는 재미에 빠졌다고 말하는 손님을 적잖게 보았다. 더디긴 해도 독립 서점의 가치를 알아봐 주는 손님이 하나둘 늘어나고 있었다. 승산이 없는 건 아니었다. 힘들다고 그만두기엔 아쉬움이 너무 컸다.

때로는 한계가 가능성을 이겼고, 때로는 그 반대가 되기도 했다. 어쩔 땐 '이제 그만할까' 하는 마음이 들었고, 어쩔 땐 '그래도 계속해 봐야지' 하는 마음이 들었다. 엎치락뒤치락하는 사이 2년이 훌쩍 지나갔다. 나 자신과 지난하게 싸우며 지켜 낸 밀도 높은 시간이었다. 현재 점수는 일대일, 무승부. 서점을 그만두어야 할지 계속해야 할지 쉽게 판가름이 나지 않는다. 전반전에서 지나치게 힘을 쏟는 바람에 몸도 마음도 지치고 가벼운 부상까지 입었지만 덕분에 다음 시합에서 이길 수 있는 전략을 찾을 수 있었다. 이제 겨우 전반전이 끝났을 뿐이다.

꼭 장사가 아니더라도, 어떤 일을 하건 그 일은 처음에 기대했던 것보다 훨씬 초라할 것이다. 가끔은, 아니 꽤 자주 그만두고 싶은 마음을 느낄 것이고, 아무리 해도 만족스럽지 못할 것이다. 하지만 그 시간들을 견뎌 내야 한다. 아니, 무언가를 한다는 건 그런 일의 연속이라는 사실을 받아들여야 한다. (······) 꿈꾸는 일이나 시작하는 일, 그리고 시도하는 일은 중요하다. 정말 중요하다. 하지만 그보다 더 중요한 일은 견디고 기다리는 일이다. 그런데 사람은 자신이 견딜 수 있는 일을 할 때 견딜 수 있다. 아무 일이나 견디기만 한다고 다 되는 건 아니다. 그러니 견딜 수 있는 일이 무엇인지를 찾는 것, 다시 말해 견딜 수 있는 꿈을 꾸는 것, 그 꿈을 잃어버리지 않도록 소중하게 간직하고 지켜 나가는 것, 그것도 못지않게 중요하다.

한수희, 「아주 어른스러운 산책」

어린 시절부터 책을 좋아해 곁에 끼고 살았다. 커서 뭐가 될지는 몰라도 그게 책 곁을 맴도는 일일 거란 확신이 있었다. 독자에서 편집자로, 편집자에서 서점원으로, 서점원에서 책방 주인으로. 지난 8년 동안 나는 내가 있을 자리를 찾아 쉼 없이 움직여 왔다. 이제야 내가 오래도록 지키고 싶은 꿈을, 잃고 싶지 않은 꿈을 찾았다는 생각이 든다.

그래서 나에게 숨을 고르고 전력을 가다듬을 겨를을 주기로 했다. 후반전에서 제대로 싸워 보려면 지금 잘 쉬어야 할 테니까. 이제 나는 사적인서점 시즌1을 종료하고 재충전의 시간을 가질 예정이다. 얼마나 걸릴지는 모르겠지만 쉬는 동안 서점을 운영하며 잃어버린 일상을 챙기고, 미뤄 두었던 책들을 읽고, 든든한 체력을 기르기 위해 운동을 시작하고, 일과 삶의 균형을 유지할 수 있도록 취미 생활을 찾으려고 한다. 후반전이 어떤 모습일지는 나도 잘 모르겠다. 새로운 공간에서 사적인서점 시즌2를 이어갈 수도 있을 것이고, 예약제 서점이라는 새로운 운영 방식을 시도해 보았던 것처럼 또 다른 실험을 해 볼 수도 있을 것이다.

사적인서점의 시작은 '좋아하는 일을 나답게 즐겁게 지속 가능하게' 하기 위함이었다. 나답지 않은 모습에 나 자신에게 실망하는 날도 많았고, 즐거운 날만큼 괴로운 날도 많았으며, 무엇보다 서점의 지속 가능성을 고민하며 마음 졸이는 날들이 많았다. 그럼에도 지난 2년을 곱씹으며 감사할 수 있는 건 사적인서점을 찾아 주고 사랑해 준 이들

덕분이다.

오픈데이 영업을 마치고 집으로 돌아갈 때마다 손님에게 받은 간식으로 가방이 두둑했다. 가끔 우체통을 확인하면 손님들이 마음을 담아 꾹꾹 눌러 쓴 손편지가 들어 있었다. 책 수선을 배운 단골손님은 한 출판사에서 출간된 한정판 동네 서점 에디션을 직접 제본하여 세상에 단 한 권뿐인 양장본을 나에게 선물했다. 서점 주인이 뭐라고, 그저 책을 팔아서 돈을 벌 뿐인데, 손님들은 나에게 늘 고마워했다. 사적인서점이 아니었다면 알지 못했을 책의 재미를 알려 줘서 고맙다고, 삶의 무게를 나누어 줘서 고맙다고, 그냥 여기 있어 줘서 고맙다고. 책이 좋아서 서점을 열었는데, 고단한 시간을 버티게 해 준 건 책을 통해 내가 만난 사람이었다. 나보다 더 사적인서점을 아껴 준 이들에게 고맙다는 말을 전하고 싶다.

한 권의 책이 독자의 손에 닿기까지 얼마나 지난한 과정을 거쳐야 하는지, 얼마나 많은 이의 수고를 필요로 하는지 잘 알고 있다. 이 책을 쓰자고 제안한 유유출판사의 조성웅 대표님은 서점원으로 일하는 기쁨과 보람을 처음으로 느끼게 해 준 분이다. 조성웅 대표님과 전은재 편집자님 덕분에 사적인서점의 이야기가 단단한 씨앗이 될 수 있었다. 어떤 시련과 고난에도 흔들리지 않도록 내 삶의 깊은 뿌리를 만들어 준 부모님과 사랑하는 남편 윤대관에게, 힘이 되어 주는 지은, 지수에게 감사한다. 가족의 응원과 도움이 없었다면 사적인서점은 시작조차 할 수 없었을 것이다.

　　마지막으로 세상의 많고 많은 책 중에서 이 책을 고르고, 끝까지 읽어 준 당신에게. 모두 진심으로 고맙습니다!

조금 더 자유롭게,
조금 더 힘 있게

+

       사적인서점 시즌1을 종료하고
목적도 방향도 없이 무용한 시간을 보내며 쉬어 가는 사이,
군산 시간 여행자 거리에 위치한 동네서점 마리서사에서
보낸 메일을 받았다. 안식년을
맞아 긴 여행을 떠나는 자신을
대신해 2년 동안 책방을 맡아
운영해 줄 사람을 찾고 있다는
내용이었다. 내 돈 들이지 않
고 지방에서 책방을 운영해 볼
수 있다니, 이렇게 좋은 기회가
또 있을까 싶으면서도 아는 사

람 하나 없는 낯선 곳에서 혼자 잘 지낼 수 있을까, 한창 커리어를 쌓아 나가야 하는 시기에 서울을 떠나 있어도 될까, 막연한 불안이 발목을 잡았다. 하지만 사적인서점 시즌1을 운영하며 이것만큼은 확실하게 배웠다. 인생은 생각보다 길다! 기대수명 80세 인생. 1, 2년쯤 유유자적 보낸다고 내 인생이 망하진 않을 거라는 근거 없는 확신이 막연한 불안을 이겼다. 고민 끝에 삶의 중심을 서울에서 군산으로 옮겨 보기로 했다.

걱정이 무색할 정도로 군산 생활은 만족스러웠다. 서점에서 일하는 건 같았지만 이곳에는 나를 괴롭히는 주변의 시선이나 평가가 없었다. 매일 정해진 시간에 서점 문을 열고 닫으며 가벼운 마음으로 책을 소개하고, 마리서사에서 일하는 것과는 별개로 신문이나 라디오에서 책을 처방하며 공간의 제약 없이 사적인서점의 활동도 꾸준히 이어 나갔다. 짬짬이 숲길을 산책하고, 퇴근 후에는 마음껏 취미 생활을 하면서, 해야 하는 일이 아니라 하고 싶은 일들로 하루하루를

채웠다. 서울살이를 고집하던 내가 언젠가 마음에 드는 장소를 찾아 지방에서 살고 싶다고 마음을 바꾼 것도, 책방과는 전혀 인연이 없어 보였던 내 동생 지수가 꽤 믿음직스러운 동료라는 것을 알게 된 것도, 모두 군산에서 보낸 시간 덕분이다.

군산에서 흡족한 1년을 보내고 남은 1년 동안 시간을 두고 천천히 사적인서점 시즌2를 모색하려고 했으나, 갑작스러운 전염병의 대유행으로 모든 계획이 어그러졌다. 앞이 캄캄하던 그때, 교보문고로부터 뜻밖의 숍인숍 입점 제안을 받았다. 예전의 나였다면 고민해 볼 것도 없이 바로 거절했을 텐데, 군산이 그러했듯 이곳에서만 배울 수 있는 경험이 있을 거라는 생각이 들었다. 이곳에서 1년 동안 '대형서점 안의 독립서점'이라는 새로운 방식으로 서점의 지속 가능성을 실험해 보기로 했다.

2020년 7월, 교보문고 잠실점에서 사적인서점 시즌2가 시작되었다. 시즌1과 달라진 점이 있다면 예약제 방식에서 모두에게 열려 있는 문턱 없는 서점이 되었다는 것. 그리고 서점 일의 기쁨과 슬픔을 나눠 가질 동료가 생겼다는 것.

시즌2에 맞춰 책 처방 프로그램 또한 변화를 꾀했다.

한 시간 대화 후 일주일 뒤 맞춤 책과 편지를 보내는 기존 방식을 심화 프로그램으로 이름 붙이고, 30분 대화 후 즉석에서 책을 처방받는 기본 프로그램과 서점에 방문하지 않고도 책 처방을 받을 수 있도록 비대면 프로그램을 새롭게 추가했다. 심화 프로그램 이용료는 5만 원에서 8만 원으로 다시 한번 인상되었다. 사적인서점을 처음 시작할 땐 책처방사로서 나의 실력과 가치를 증명할 자료가 아무것도 없었지만, 지금 내게는 천여 명이 넘는 손님에게 책을 처방하며 현장에서 쌓은 노하우가 있다. 스스로에게도, 손님에게도, 지불한 금액 이상의 값어치를 제공할 수 있다는 자신감이 생겼다.

　잠실에서 보낸 1년 역시 순식간에 지나갔다. 연장 없

이 2021년 7월 사적인서점 시즌2를 종료하기로 했다. 시즌2를 시작할 즈음이면 사그라들 줄 알았던 코로나는 여전히 현재 진행형. 독자적으로 운영하는 매장이었다면 영업 시간이나 휴무일을 조정해 다른 방법을 찾아보았을 텐데, 숍인숍이라 운영에 제약이 많아 유연한 대처가 어려웠다. 어느 정도 예상은 했지만 사적인서점에서 고른 책을 교보문고에서 할인 혜택을 받아 사는 손님들의 비중이 생각보다 많은 것도 힘을 빠지게 했다. 아, 너무 사소하다고 생각해 놓친 부분도 있다. 대형 쇼핑몰 지하라 지하철역과 바로 연결되는 건 좋지만 바깥 날씨가 어떤지 전혀 알 수 없고, 매장에 트는 음악도 마음대로 할 수가 없다는 것. 날씨에 맞춰 그날의 플레이리스트를 고르는 즐거움을, 서점 안으로 오후의 빛이 스며드는 행복을 우습게 봤다가 된통 혼났다. 한 번 해 봤으니 두 번째는 좀 쉬울 줄 알았는데 책방을 꾸린다는 건 여전히 쉽지 않다. 힘이 되어 준 동료들과 손님들이 없었다면 사적인서점은 버티지 못했을 것이다.

2021년 10월이면 사적인서점을 시작한 지 만 5년이 된다. 이쯤 되면 서점을 꾸려 가는 일에 대해서 어느 정도는 안다고 말할 수 있을 줄 알았는데 자신은커녕 여전히 의심만 든다. 서점을 처음 시작할 때의 막막함과는 또 다른 막

연함 때문이다. 문보영 시인의 산문집 『불안해서 오늘도 버렸습니다』에 이런 구절이 나온다. 어떤 것을 잘하려면 그 분야에 대한 실망을 타고 나야 한다고. 끊임없이 실망하고도 계속 좋아해야 전공이 될 수 있다고. 지난 5년을 돌이켜 본다. 나만의 작은 책방을 열고 싶다고 마음먹은 순간

부터 지금까지 크고 작은 선택들 앞에서 쉬웠던 적은 단 한 번도 없었다. 퇴사를 할까 말까, 서점을 열까 말까, 버텨야 할까 한숨 쉬어가도 될까, 서울에 있을까 군산으로 갈까, 교보문고와 콜라보를 할까 말까. 시즌3는 어디서 어떤 방식으로 해야 할까. 어떤 날은 잔뜩 겁을 먹었다가 어떤 날은 번쩍 용기를 냈다가, 하루에도 열두 번 이랬다저랬다.

지금 와서 돌아보면 알맞은 시기에 해야 할 선택을 한 것처럼 보이지만, 후회가 두려워 뒤척인 숱한 밤들을 나는 기억한다. 그 과정은 지난했지만 그래서 충만하기도 했다. 누군가의 마음을 헤아리고, 가닿을 책을 고르는 일. 몇 번이고 실망해도 몇 번이고 다시 매달릴 수밖에 없는 나의 일. 이제는 안다. 익숙해지지 않아서, 만만해지지 않아서 계속할 수 있다는 것을. 올 가을, 성산동에서 사적인서점의 시즌3가 시작된다. 좋아하는 일을 나답게 즐겁게 지속 가능하게 이어 가기 위한 또 다른 시작. 다시, 시작.

'다시'라는 말 아름답지? 아름다움의 역사에 가장 먼저 포함시킬 만한 단어야. 우린 몇 번이고 반복하면서 조금씩 조금씩 움직이는 거야. 조금 더 자유롭게 조금 더 힘 있게.

정혜윤, 『사생활의 천재들』

사적인 연표

2016. 9.	사적인서점 공간 계약
2016. 10.	1일 사적인서점 개업
2016. 12.	비파크 업무 종료
2017. 2.	책 처방 프로그램 가격 인상(3만원 → 5만원)
	책 배송 서비스 시작
2017. 5.	오사카에서 열린 제1회 '아시아 북마켓' 참가
2017. 6.	2017 서울국제도서전 특별기획전 '서점의 시대' 부스 운영 및
	독자 참여 프로그램 '독서클리닉' 기획
	『경향신문』 칼럼 '책 처방해 드립니다' 연재 시작
2017. 7.	일본 일러스트레이터 야마우치 요스케 작품 전시
	(도쿄 카모메북스와 공동 기획)
2017. 8.	『채널예스』 칼럼 '정지혜의 사적인서점' 연재 시작
2018. 1.	1월 마지막 주를 끝으로 토요일 오픈데이 종료
2018. 4.	문화공간 숨도와 북큐레이션 체결
2018. 5.	오사카에서 열린 제2회 '아시아 북마켓' 참가
2018. 6.	2018 서울국제도서전 독자 참여 프로그램 '독서클리닉' 기획
	및 '읽는 약국' 부스 운영
2018. 9.	한일 일러스트레이터 콜라보 포스터 카드 'My favorite spot
	Seoul & Tokyo' 제작(도쿄 서니보이북스와 공동 기획)
	첫 번째 책 『사적인 서점이지만 공공연하게』 출간
	22일 사적인서점 시즌1 종료
2019. 2.	군산 마리서사 위탁 운영 시작
2019. 4.	MBC FM4U 「박경의 꿈꾸는 라디오」 '상암동 책방' 코너
	고정 게스트 출연 시작
2019. 7.	일본 비즈니스 호텔 도미인 프리미엄 서울 강남점
	한일 라이브러리 큐레이션 참여

2019. 8.	사적인서점의 새로운 멤버, 정지수 합류
2019. 12.	리디셀렉트에서 칼럼 '책으로 실패하기' 연재 시작
2020. 1.	일본 비즈니스 호텔 '도미인 프리미엄 서울 가로수길점' 한중일 라이브러리 큐레이션 참여
2020. 4.	두 번째 책 『좋아하는 마음이 우릴 구할 거야』 출간
2020. 6.	군산 마리서사 위탁 운영 종료
	김영은 디자이너와 사적인서점 브랜딩 리뉴얼 작업
2020. 7.	3일 교보문고 잠실점에서 사적인서점 시즌2 시작
	온라인 주문과 책 처방 프로그램 예약이 가능한
	온라인숍(www.sajeokin-bookshop.com) 오픈
2020. 8.	기본 책 처방 프로그램(30분 상담, 5만원)과 심화 책 처방 프로그램(1시간, 8만원)으로 가격 인상
2020. 9.	정기구독 서비스 '월간 사적인서점' 구독 신청 시작
	비대면 책 처방 프로그램(5만원) 오픈
	전주 독자들을 위한 비대면 책 처방, '책 약사가 처방하는 한 권의 책' 프로그램 진행
2020. 11.	거제 청년들을 위한 비대면 책 처방, '읽는 약국' 프로그램 진행
2020. 12.	하남시 공무원을 위한 출장 책 처방, '가장 사적인 서점, 대청로 10' 프로그램 진행
2021. 6.	거제 청소년 및 청년을 위한 비대면 책 처방, '읽는 약국' 프로그램 진행
2021. 7.	2일 사적인서점 시즌2 종료
2021. 9.	성산동에서 사적인서점 시즌3 오픈 예정

사적인 서점이지만 공공연하게
: 한 사람만을 위한 서점

2018년 9월 14일   초판 1쇄 발행
2021년 6월 24일   초판 3쇄 발행

지은이
정지혜

펴낸이	**펴낸곳**	**등록**
조성웅	도서출판 유유	제406 - 2010 - 000032호 (2010년 4월 2일)

주소
서울시 마포구 동교로15길 30, 3층 (우편번호 04003)

전화	**팩스**	**홈페이지**	**전자우편**
02 - 3144 - 6869	0303 - 3444 - 4645	uupress.co.kr	uupress@gmail.com

	페이스북	**트위터**	**인스타그램**
	www.facebook.com/uupress	www.twitter.com/uu_press	www.instagram.com/uupress

편집	**디자인**	**마케팅**
전은재	이기준	송세영

제작	**인쇄**	**제책**	**물류**
제이오	(주)민언프린텍	(주)정문바인텍	책과일터

ISBN 979 - 11 - 85152 - 95 - 0 03810

이 도서의 국립중앙도서관 출판예정도서목록(CIP)은 서지정보유통지원시스템
홈페이지(seoji.nl.go.kr)와 국가자료공동목록시스템(www.nl.go.kr/kolisnet)에서
이용하실 수 있습니다.(CIP제어번호: CIP2018028787)